들여다보자 내 얼룩들

들여다보자
내
얼룩들

신옥순 에세이

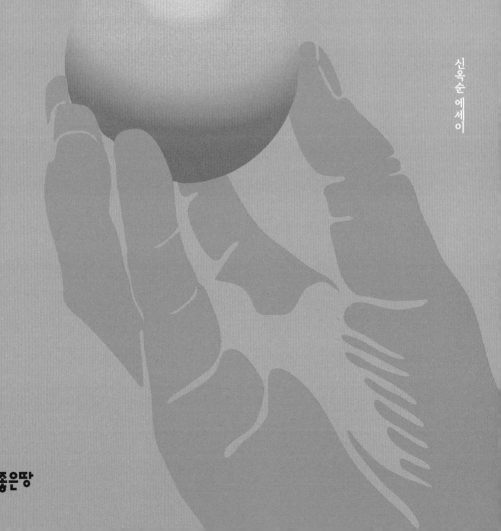

좋은땅

작가의 말

침대에 누워서 책 읽는 것을 가장 좋아한다. 노래 들으며 하고 싶지 않은 집안일을 하는 것도 좋아한다. 혼자서 녹두전을 몇 시간이나 부쳐야 할 때, 나의 가수 노래를 멜론으로 스트리밍하면서 즐겁게 해낸다. 두 시간 동안 7킬로그램의 청국장을 방망이로 찧고, 250그램씩 포장하는 일을 혼자서 한다.

그 외로운 시간을 이겨 내고 생산적인 나의 모습으로 바꿔 주는 것은 나의 가수가 불러 주는 노래 덕분이다. 꼭 해야만 하는 일을 하고 나서 휴식으로 책을 읽게 해 준다. 그렇게 책은 나를 살아갈 수 있게 하는 생명의 물 같은 존재로 내 곁에 있다. 주야로 책을 읽어대다가 어느 날, 60년간의 내 찌질한 삶을 글로 나타내고 싶어졌다.

우리 엄마가 작은딸을 알아보시고, 실명되지 않은 한쪽 눈으로나마 글을 읽으실 수 있을 때 나는 우리 엄마에게 맨 먼저 내가 쓴 책을 직접 전해 드리고 싶은 소망이 생겼다. 7년 전에 나의 큰아이가 취업의 소식을 전화나 문자 메시지가 아니고 나한테 직접 전하고 싶어서 비가 부슬부슬 내리던 2월의 어느 날 밤에, 우산을 들고 나를 마중 나왔던 그날처럼.

2021년 9월의 어느 저녁 세상에 태어난 지, 스물다섯 해 되던 작은아이 역시도 취업의 소식을 나에게 직접 전하고 싶어서 우리 집 앞 덕계 도서관 8층으로 뛰어 올라온 것처럼, 나도 우리 엄마한테 내가 글을 쓰고 나의 딸아이가 그림을 그려 준 당신 딸의 삶을 적어 낸 책을 아흔 살의 우리 엄마 젤마나 양에게 직접 갖다 드리고 싶어서 여러 해 동안 글을 썼다. 새벽 네 시에도 썼고, 출퇴근 지하철 안에서도 썼다.

엄청나지는 않지만 특별한 순간순간들을 어느 길모퉁이에서 더러 만났다. 이대로 후회만 가득하게 안고 이 세상을 떠나기에는 미련이 남을 듯하여 부족한 문장들을 놓고 가고 싶다.

2024년 2월 21일
눈도 오고 비도 오는 늦은 밤에

2부 들여다보자, 내 얼룩들

3부 내가 사랑한 영혼들

1부

내가 가장 좋아하면서 슬픈 단어, 새벽

애틋함이었다. 엄마가 서울의 어느 버스 정류장 가로매점에서 복권이랑 신문, 담배와 껌 등을 파시는 일을 하실 동안 새벽은 나에게 안타까움이었다. 그 세월은 36년간이었다. 1977년 내가 대방여자중학교 2학년 시절부터 내 딸아이가 대학교 2학년생이 될 때까지의 시간이었다.

새벽에 내리는 비는 듣기 좋았지만 엄마가 비를 뚫고 배낭을 메고 홀로 17시간이나 일하기 위해 걸어가는 모습이 보여 내가 유일하게 좋아하는 자연의 소리를 즐기지 못했다. 비를 맞으며 가판대 위에 10가지가 넘는 신문을 펼치는 우리 엄마가 늘 빗소리 속에서 함께 보였다.

2010년 9월 11일은 대한민국 경찰공무원 필기시험을 치르던 날이었다. 그날 새벽에 일어나신 엄마는 전기가 나간 걸 발견하시고 집에서 한 정류장쯤 떨어진 곳까지 가서 김밥 네 줄을 사다 놓고 가게로 나가셨다고 한다. 언니네 식구와 함께 살던 시절이었고 무엇보다 외할머니의 손주 사랑이 지극하였음이라.

마실 물이 없을까 염려되어 생수까지 사다 놓으셨다고 전해 들었다. 십 년도 더 지난 일이지만 새벽이라는 단어를 떠올리면 영화의 한 장면 아니 소설 속의 한 페이지처럼 그려진다. 할머니가 그 새벽에 사다 주신 김밥을 먹고 조카는 23 대 1의 경쟁을 뚫고 대한민국 경찰이 되었다. 초등학교 1학년 때부터 경찰이 되겠다는 꿈을 지닌 그 아이는 이제 마흔 살의 가장이 되었고, 어렸을 때부터 모범생이었으므로 경찰관으로서 직장생활을 성실히 하고 있다.

2021년 2월 15일 월요일, 비가 잠시 내렸던 지난밤 기후는 내가 좋아할 만한 날씨다. 새벽 4시 40분 남편의 휴대폰에서 알람이 울린다. 기분 좋은 하루를 시작하라는 어린 소녀의 음성을 듣고 남편이 일어난 적은 거의 없다. 결혼하기 전 둘째 시누이는 나에게 남편의 별명은 잠보라고 알려 주었다. 시간과 장소를 가리지 않고 잘 터진다는 어느 휴대폰의 광고 카피가 생각날 만큼 남편은 어느 곳에서나 언제든지 잘도 잤다. 혼잣말도 주고받으며 때로는 욕도 하고 코도 골면서.

그러나 생존의 위협에 처한 중년의 남자는 마음껏 잠을 잘 수가 없다. 알람이 울리기 전에 일어나 거실에 앉아 있는 남편을 본 것은 작년 9월 22일부터다. 우리 부부에게 새벽은 그날 하루의 생존이 달린 출발선이다. 백 미터 달리기를 하기 전에 출발음을 기다리는 초조함으로 새벽을 맞는다. 넉넉하지 못한 형편을 잠시라도 잊게 해 주는 물건이 우리에게도 하나 있긴 하다. 산지별로 맛이 다른 커피원두를 골라서 머신에 넣고 커피를 내려 마신다.

커피 내리는 소리가 아니라면 일주일에 한 번쯤은 남편의 출근을 배웅하지 못할 수도 있으리라. 5시 35분 남편이 인력사무소로 나가는 걸 바라보며 인사를 한다. 고생하라고, 울지 말라고. 당신 어머니가 이 사실을 알지 못하도록 하늘도 쳐다보지 말고 일해야 한다고, 농사지어 막내아들 대학 공부 시키신 걸 당신 삶의 유일한 성공이었다고 여기신 어머니께 들키지 말라고 당부한다.

남편이 하루 종일 노동일을 해서 벌어오는 돈은 대부분 106, 000원이다. 일당 13만 원에서 인력사무소 수수료 10프로 제하고 어찌 된 영문인지 국민연금, 건강보험료도 내는 거라며 억울해하는 남편에게 나는, 잘된 거라고 특히 국민연금을 낸다는 것은 너무 잘된 거라고 열심히 설명한다. 당신이 135회를 마지막으로 중단되었던 국민연금을 다만 몇 년이라도 더 납입하면 월수령액이 좀 낫다고 나는 남편을 위로한다. 저녁밥을 먹기 전에 나름 중요한 의식이 있는데, 그날 일당에서 오천 원권과 천 원권을 가지런히 접어 나에게 건네는 거다. 처음에 좀 어색하기도 하고 서글프기도 하고 아무튼 좀 그랬다.

어쩌다가 노동 현장이 새롭게 바뀌긴 했다.

가령 정원공사를 급히 해야 한다든가, 카페를 짓는데 시멘트를 날라야 할 때, 잡부인 남편은 소개수료를 빼고도 126,000원의 일당을 받는다. 임시로 며칠 하는 노동일에 대해서는 국민연금, 건강보험을 제하지 않고, 만 원의 인건비가 더 나온다는 것이다. 을지로4가역 9-3에서 2호선을 타고, 동대문역사문화공원역에서 내린 나는 빠른 걸음으로 7-3번지로 가서 4호선 당고개행을 타고 창동역에서 내린다.

노인들이 승객의 대부분이라 자칫하면 양주역까지 내내 서서 오는 날도 있었으나 동작이 빠른 나는 전철의 한 좌석을, 그것도 맨끝 좌석을 차지하고 앉으려고 최선을 다한다. 운이 좋은 날은 앉아서 전철의 한 자리를 얻어 나는 책을 읽는다. 오늘은 톨스토이의 『참회록』을 읽고 간다. 나의 행복이란 건 바로 독서뿐이다. 먹기 싫은 밥도 하기 싫은 설거지도, 고객상담도 택배작업도 오직 책 읽기를 위해서 한다. 고단한 날들의 루틴을 견뎌 낼 수 있는 것은 책 읽기 덕분인데, 사실 나의 독서는 일반인으로서는 이해할 수 없을 정도로 책을 많이 읽는다.

아니 책을 사랑한다. 모든 일에는 지나칠 수 없는 사연이 있듯이 3년 전이었나. 견디기 힘든 상처를 받았던 나는 어느 날 서울중구청의 작은 도서관을 방문하게 되는데 그날 내 눈에 들어온 책이 윤홍균 선생님의『자존감 수업』이었다. 바닥까지 떨어진 내 감정의 자존감을 그러니까 자기존재감으로 똘똘 뭉쳤던 젊은 시절을 보내 왔던 나로서는 견디어 내기 힘들었던 고통을 받았고 그 아픔을 씻어 내기 위해 시작한 것이 책 읽기였다.

뜨거운 여름 햇볕을 받으며 중구청 도서관을 이용하면서 조금씩 살겠다는 의지를 살려 내고 있었는데 중국발 바이러스가 이 세계를 자물쇠로 막아 버렸다. 중구청 작은 도서관은 더 이상 내 피난처가 되어 주지 못했다. 그리고 1년이 흐르고 우리는 서울의 서쪽에서 경기도 북부의 양주시로 이사 오게 된다. 덕계도서관이 보이는 이곳으로 고민할 것도 없이 옮겨 왔다. 몸도 마음도 영혼도 몽땅 데리고 왔다.

남편이 매일 주는 현금 6천 원의 위력은 결코 시시하지 않았다. 바람이 몹시 불고 추운 오늘, 양주역에서 버스 타고 여덟 정류장째 내린 나에게 호리호리한 청년이 동태가 두 마리에 3천 원이라고 덜덜 떨면서 권한다. 어제 남편이 준 6천 원으로 동태 2마리와 자반 한 손까지 샀으니 6천 원의 값어치는 상당하다. 얼어 있는 동태를 따뜻한 물로 계속 씻었다. 하마터면 잊을 뻔한 동태의 쓸개를 떼어 내는 작업을 나는 자못 엄숙하리만큼 열심히 한다. 동태의 쓸개를 떼지 않고 동태찌개를 끓여 본 경험이 있는 내가 아가미 근처에 있다는 이 녀석의 쓸개를 열심히 찾는 일은 그런데 만만치가 않다.

아직 동태는 얼어 있다. 동태의 흐리멍텅한 두 눈알이 자꾸 쳐다보는 것 같아서 나는 에어팟을 귀에 낀다. 원픽 가수 노래를 듣는다. 쓸개너 어디 있는 거야. 이리저리 찾아보는데 강낭콩 크기의 담청색 물체가 얼어 있는 상태로 붙어 있었다. 아, 이렇게 생겼구나. 도마 위에 동태의 쓸개를 올려놓고 바라본다. 16년 전 2월의 아주 추운 날 천안에 있는 대학병원에서 담낭제거술을 받았다. 영하 9도였고 눈이 많이 내린 날 담당 간호사는 비닐주머니에 여덟 개의 서리태 같은 돌을 담아서 나에게 주었다. 조그마한 쓸개에서 많이도 나왔구나. 한동안 그 아이들을 버리지 않고 화장대 서랍 안에 보관해 두었던 기억이 난다.

쓸개 빠진 년으로 살아온 삶은 확실히 좀 싱겁고 때로는 아프고 고단했지만, 오늘은 맛있는 동태찌개만을 생각하기로 한다. 다시멸치와 다시마를 넣고 충분히 끓이는 동안 무를 큼직하게 썰고 쑥갓을 다듬고 다데기 양념을 만든다. 요리할 때 집중하는 것은 또 다른 즐거움이다. 책 읽기가 아무리 즐거워도 배고픔을 해결해 줄 수 없음이야 말해 무엇 하나. 동태찌개의 양념은 그 비율이 중요하다. 된장(반드시 시골에서 담근)과 고추장(담근 것이 좋지만 순창고추장도 괜찮다), 고춧가루, 왕소금 약간, 후추, 다시다 가루 조금에다 물을 한 숟가락 넣고 섞어 놓는다.

이때 찧어 놓은 마늘을 함께 섞는다. 육수가 끓었다. 다시마와 멸치를 집게로 건져 낸다. 지느러미를 제거하고 깨끗하게 씻은 동태 조각들이 투척된다. 동태가 익어 갈 동안 양파와 호박과 대파를 손질하고 익숙한 솜씨로 썰어 놓는다. 동태찌개는 남편이 가장 좋아하는 음식이다. 고단한 하루의 노동을 마치고 온몸에 흙과 먼지를 가득 안고 집으로 들어오는 남편을 역시 고단한 하루를 살아 낸 내가 삼십 분이라도 먼저 집에 도착하여 저녁밥을 짓는다. 맛있는 냄새가 난다며 환하게 웃는 남편에게 김창옥 교수가 가르쳐 준 대로 마음을 다하여 "힘들었지….."라고 맞이해 준다.

197일 동안 남편은 일용직 노동일을 하며 가정을 꾸려 나갔다. 다시 그 일을 해야 한다면 기꺼이 하겠다고 한다. 그러나 우리 부부는 새로운 일을 시작하게 된다.

작년(2022) 초가을에 청국장을 발효시키는 실험을 해 보았다. 북파주 농협에서 사다 놓은 백태가 제법 남아 있었고 나는 불현듯 절친 M의 말이 생각났고 돈을 조금이라도 벌어 볼 수 있을지도 모른다는 생각을 아주 조금 하기도 했던 그런 마음들이 애틋하게 떠오른다. 큰딸애가 초등학교 2학년 때 2001년 과학의 날 기념행사로 써 놓은 편지를 교실 뒷면 벽에서 읽어 보았다.

동물학자 로렌츠 아저씨께 물어본다. 아저씨는 동물과 대화를 할 수 있냐고. 마당이 넓은 집에서 강아지를 키우는 것이 소원이라고 과학자에게 편지를 쓰며 하소연하고 있었다. 장난감 강아지를 한두 번 사다 주기도 했고 토끼를 키우기도 했지만 아이는 며칠 못 가서 진짜 살아 있는 강아지를 키우고 싶다고 울었다. 아이의 소원대로 우리는 집과 정원과 뒷마당이 있고 텃밭이 있고 창고가 있는 아주 넓은 집을 사서 충청도 산골로 이사를 간다. 내 친구가 말하는 청국장의 맛은 바로 그 시절 우리 부부가 만들어 친구에게 맛을 보였던 것이고 친구는 그 맛을 기억했고 나는 친구의 격려와 기대를 받으며 용기를 가지고 새로운 일을 시작했고 오늘은 꼭 100일째 되는 날이다.

농촌도 아닌 도시에서 그것도 아파트라는 공동 주택에서 향토적인 맛을 낼 수 있을까 염려도 되었지만 내 삶의 마지막 쿼터를 청국장 사업으로 정했고, 새로운 일은 설레기도 하고 두렵기도 하였다. 우선 청국장은 온도에 상당히 예민한 게 불안한 날들이 이어지고 있었다. 몇 번인지 실패를 하고 우리는 절망하고 이 길을 벗어던질까도 여러 번 생각했다. 망쳐 버린 아니 미쳐 버린 청국장의 무게는 7킬로가 좀 안 되었는데 경비 아저씨들이 긁어모아 놓은 아파트 모퉁이의 낙엽 더미에 쉬어 버린 청국장을 버리는 마음은 1톤쯤 되었다.

2주 전까지도 우리는 네 번에 한 번꼴로 실패를 했다. 어제도 오늘도 늘 마음을 졸이며 발효되는 콩들을 보살핀다. 생물은 아닌데 우리 부부에게 발효 중인 콩알들은 살아 있는 생명체로 여겨진다. 콩을 12시간 불리고 3시간 걸러서 압력밥솥에 삶는다. 90분 후에 전기 레인지 불이 꺼진다. 다시 30분 정도 지나면 밥솥의 추가 요란하게 움직이고 10분 후에 불을 끈다.

삶은 콩을 48도로 식히고 발효를 시킬 때 처음 8시간의 온도가 40도 전후를 유지시켜야 하는 게 가장 중요하다는 것을 몇 번의 실패로 깨달게 된다. 커피 내리는 소리가 아니라 남편이 콩을 삶는 냄새가 새벽의 손님이 되었다. 하루의 시작을 알리는 출발선에 서 있을 수 있게 해 준다. 타인의 진실된 의견을 나는 들었고 실천하였다. 발효실에는 이틀간 내가 보살핀 생명체(적절한 온도와 습도와 공기를 필수로 하기에 또한 12시간이 지나면 콩들은 열심히 발효를 시작한다. 일을 하는 것이다. 거의 만 하루 동안 53도 이상까지 올라간다. 고교 때 배운 미생물로 분류하고 우리는 생명이 있는 것으로 간주한다)가 나의 손길을 기다린다.

낭만적 새벽은 지나가고 생존의 출발선에 서 있는 중년 부부의 새벽들이 다가와 있다. 지금은 2023년 1월이다. 새벽 4시 45분이다. 인력사무소로 가지 않고 4.2킬로의 파주장단콩을 50인분의 압력솥에 삶는 동안 남편은 거실에서 잠들었다. 다행히 나는 깨어 있다. 부부는 이런 것인가 싶다. 내가 하지 못하는 일을 당신이 해내고, 당신이 도무지 참을 수 없는 새벽잠을 자야 할 때 내가 깨어 있고, 그런 거지. '보석을 찾는 것이 결혼이 아니라 원석을 만나 그 원석이 나로 인해 보석으로 만들어지는 과정이 아닐까, 서로에게 서로 살도 깎이고 뼈도 깎이고 때로는 마음도 깎이면서 보석이 되어 가는 것이 아닐까.' 유튜브에서 선한 사람의 아이콘 "선"이 이렇게 가르쳐 준다.

"사랑의 '밀당'을 그치고 두 사람의 관계를 지속이 가능한 우정의 연대로 관계를 바꿔야 한다. 사랑이 어느 날 갑자기 다가온 뇌에서 분비되는 사랑 호르몬 때문에 벌

이는 한바탕 미친 소동이라면 결혼은 이성의 선택으로
지속되는 나날들이 펼쳐지는 무대이기 때문이다."
　- 장석주,『사랑에 대하여』

　세월이 좀 흘렀다. 그런데도 새벽은 나에게 애틋함으로 다가온다.
어젯밤 10시 40분 김포공항에 도착하는 승객들을 광주광역시로 이송
하기 위해, 영하 10도의 날씨에 남편은 집을 나섰다. 불안한 밤이 찾아
오고 그다음 날 03시, 2024년 1월 26일인 오늘 새벽에 뒤숭숭한 잠자리
에서 눈이 떠진 나는 어제저녁 미루어 놓았던 설거지를 한다. 남편과
함께 시작했던 청국장 사업은 그가 꼭 1년 전에 콜벤 기사일을 하면서
오롯이 나의 일이 되었다.
　볏짚 아래에 안쳐 놓은, 열여덟 시간이 지난 콩들은 열심히 온도
를 높이며 발효를 하고 있다. 다행이다. 당신이 졸음을 이기고 깜깜한
밤의 도로를 무사히 운전하기를 빈다. 당신이 좋아하는「Before The
Dawn」을 크게 틀어 놓고 안타깝지만 그래도 용기를 잃지 말고 겨울날
의 새벽을 맞이하기를 희망한다.

어린 시절을 찾아 나선 거리에서

존 밴빌의 『바다』를 동쪽 바다에 데리고 가서 읽다가 그의 시간 여행을 나도 따라 하고 싶어졌다. 작가는 오십 년 전의 소년 시절, 사랑의 감정을 느꼈던 그레이스 부인의 기억을 더듬어 보고자 길을 나섰다. 문득 나의 50년 전, 그러니까 1971년 국민학교 2학년 시절을 생각해 내고, 같은 서울인데 당장 가 보고 싶었다. 오십 년이란 시간이 흘렀구나. 내가 대구에서 전학 와서 다녔던 영등포구 신길동 우신초등학교를 다녀오기로 마음먹고 을지로4가역에서 시청역으로 가서, 서동탄행을 타고, 영등포역에 내렸다.

네이버지도에 익숙해 있지는 않아도 느낌상 방향을 잡고 길을 걸었다. 아침에는 쌀쌀했고 회사로 출근하기 위해 종로5가역에 내렸을 때 빗방울이 떨어졌고, 바람도 불어서 소라색 얇은 바바리로 견디어 낼 수 있을까 했는데, 50년의 세월이 지나 신길동 낯선 거리를 걷다 보니, 땀이 흐른다. 녹색 표지판에 우신초앞이라는 글자를 보았을 때 나는 아홉 살 어린애로 돌아갈 수 있었고 그리하여 추억을 더듬어 보고자 부지런히 걸었다.

연두색 바탕에 서울우신초등학교라는 명패가 유리벽 위에 붙어 있다. 차로변에 있는 교실들의 방음벽으로 보인다. 반세기가 지나서 홀로 찾아와 본 학교. 대구 사투리를 쓰는 게 부끄러웠던 나는 2주일 동안 낯선 서울말을 쓰는 반 친구들과 어울리지 못했다. 오줌 매렵다는 말이 대충 소변보고 싶냐는 소리인 줄 아는 데까지 사흘쯤 걸렸다. 서울 애들은 참 상냥하게 말하고 있었다.

처음에는 일부러 저리도 싹싹한 척하는 줄 알았으나 경상도 대구 사투리 외에는 들어 본 적 없고, 서울말을 처음 접했던 어린아이에게는 우리나라 표준어로서의 서울말이 낯선 이국의 정다운 웅성거림으로 들렸다. 2주 동안 아무 말 없이 그저 공부만 열심히 했다. 마침내 서울말을 거의 구사할 수 있게 되어, 반 아이들과 대화를 나누고 웃고 떠들게 되었을 때, 대구 외갓집에서는 말지나가 서울 사람 다 되었다며, 서울말을 그리 잘한다며 하는 감탄의 말씀들을 전해 왔다.

내가 국민학교에 다니던 1970년대에는 한 학급에 70명이 넘었던 것 같고, 내 기억으로 한 학년이 13반까지였으니 한 학년 학생수만 해도 1천 명 가까이 되었는데, 네이버 화면에 표시된 내 후배들의 현재 인원은 전 학년 통틀어 358명이다. 남학생 179명, 여학생도 179명이라고 나온다. 내가 베이비 부머 마지막 세대였으니 당시의 국민학교 교실은 콩나물시루라는 식상한 표현으로 말할 수밖에. 교문을 들어서면 충무공 이순신 장군이 허리에 칼을 차고 늠름하게 아침마다 우리를 맞이했었는데, 오늘은 장군의 동상은 보이지 않는다.

느티나무인지 단풍나무인지 아름드리나무 두 그루가 그 자리에 서 있다. 코로나 시국인지라 외부인 방문이 허락되지 않아 학교 안으로 들어가 볼 수는 없었다. 4년 이상을 매일 걸어다녔을 나의 등교길을 따라 걸었다. 학교 앞에는 단 한 군데의 문방구점이 보이지 않았다. 예닐곱 개의 문방구 앞에서 아침마다 우리들은 그날의 준비물을 열심히 소리치며 사곤 했었는데. 찰흙, 색종이, 마분지, 공책, 수수깡 등이 자주 마련해야 할 단골 메뉴였고 새 학년 올라갈 때 연필 한 다스, 동아전과, 표준 수련장을 살 때는 부모님과 함께 학교 앞 문방구에 저녁때 혹은 토요일에 나와서 사곤 했다.

대구 살 때는 국민학교 앞에서 문방구점을 하셨던 셋째 외삼촌네 가서 전과를 얻어 오기도 했는데, 나는 2학년 때 서울로 왔기 때문에, 한 번 정도 외삼촌이 공부 잘하는 말지나라며 머리를 쓰다듬어 주시며 전과를 주신 기억이 또렷하다. 언니는 5학년 2학기까지 외삼촌네 전과를 서너 번 사용할 수 있었던 것이다. 아, 주판도 샀고 리코더도 샀던 것 같다. 지금은 온라인 쇼핑몰이나 이마트에서 휴일에 준비하거나 웬만한 준비물은 학교에서 제공해 주는 걸로 안다. 모든 게 변했지만 길 건너편 '태령약국' 간판을 보고 반가웠다.

그 이름이 익숙하였으므로 나는 그 약국에서 조금 더 걸어가면 고물상이 나오고 그 고물상에서 말린 옥수수알 한 되로 강냉이를 튀겨서 파란 비닐봉지에 들고 와야 했던 열두 살의 나를 본다. 아버지는 북한이 고향이었고 강냉이, 감자, 고구마를 좋아하셨는데 아버지의 6촌 누님 되시는 나의 고모는 1974년도에 이산가족 찾기에서 우여곡절 끝에 만나게 된 세 살 아래의 남동생을 위해 농사지은 찰강냉이를 말려서 해마다 챙겨 주셨던 것이다. 그 찰강냉이를 고물상 안 한 구석에 마련된, 공장은 아니고 그저 뻥튀기 기계 한 대와 볏짚으로 만든 둥그런 망태기가 놓여 있는 그곳에서 뻥 튀겨진 강냉이로 바뀌 오는 건 나의 일이었다.

중학생이었던 언니는 부끄럽다고 못한다 했고 남동생들은 너무 어렸고, 그렇다고 내가 그 일을 좋아한 건 절대 아니었는데 엄마와 아버지는 그 심부름을 나에게만 시켰다. 옥수수 한 되를 열 배 정도 크기로 뻥 튀긴 강냉이를 담아낸 파란 비닐봉투는 열두세 살 여자아이가 들고 오기에는 다소 부피가 컸고, 돌아오는 길에 반 친구들을 만날 때면 반갑다는 마음보다는 피하고 싶은 심정이었다. 지금 나는 그 뻥튀기 소리가 들릴 듯하는 고물상 건너편에 있는 까듀라는 카페에 앉아 있다. 우리 회사 건물에서 코로나 확진자가 발생해서 낮 12시에 건물이 폐쇄되고 3일간 방역을 한다고 해서, 얼른 퇴근해 이곳으로 온 것이다.

학교 앞 문방구는 하나도 없고 부동산, 네일아트, 호프집, 은혜음악교실, 체조교실, 중국집 등이 있다. 6학년 때 부반장이었던 나는 정문에서 주번을 담당했었는데, 내 동생들과 6촌 동생들이 하나씩 등교하는 모습이 떠오른다. 나보다 두 살 어린 내 동생은 14년 전에 간경화로 죽었고, 그 애와 동갑인 6촌 남동생도 지난해 당뇨로 고생하다가 세상을 떠났다. 40대에, 50대에 그렇게 병을 얻고 죽는다. 산다는 것은 어찌 보면 죽음을 맞이하며 한 발 한 발 걸어 나가는 것인지도 모른다.

카페를 나왔다. 버스 정류장은 우신초등학교 앞에 있었으므로, 언제 다시 올지 모르는 내 유년의 기억들을 담은 학교 안을 용기 내어 수위 아저씨의 허락을 받아내고 들어가 본다. 사루비아꽃의 단물을 빨아먹으며 교실로 들어가던 건물과 건물 사이의 길은 병설유치원 놀이터로 바뀌어 있었고, 사루비아 꽃나무 대신 회양목이 질서 있게 심어져 있다.

체육시간에 철봉을 넘지 못한 나를 위해 반 동무들이 수업 끝나고

운동장 한편에 있던 철봉대로 왔다. 나에게 철봉을 넘어야 한다며 자기들이 지켜 줄 테니 한번 해 보라고 했던 어느 초여름 날 늦은 오후, 철봉을 넘다가 손을 놓아 버린 내가 모래바닥에 누워 있다. 친구들이 울먹이며 내 옆에 쪼그리고 있던 기억이 난다. 내 손에 스며 있던 철봉의 냄새. 쇳조각의 비리면서 시원했던 냄새들.

대구에서 전학 왔을 때 나는 2학년, 언니는 5학년이었다. 교무실에서 전학 담당 선생이 우리 엄마한테 곱지 않은 시선으로 지방에서 서울로 이리 자꾸만 이사를 오니 학교가 아이들로 터져 버릴 것 같다고 푸념하다가 나의 교과성적표를 보더니 공부는 잘했네 하면서 엄마한테 가벼운 목례를 했다지. 우리 엄마는 이 사실을 까맣게 잊고 계시겠지만, 어린 나는 그래 내 기억은 그날 지친 모습의 우리 엄마, 그러니까 서른일곱 살의 엄마의 모습을 기억하고 있다. 그 기억들이 사라지기 전에 나는 글을 쓰는 것이고, 엄마가 책을 읽을 수 있을 때 나는 이 기억들을 기록하여 마침내 한 권의 책으로 나왔을 때, 맨 먼저 여든일곱의 우리 엄마께 전해 드리는 것이 내가 엄마한테 해 드릴 수 있는 작은 효도라고 믿는다.

3학년 때 부반장을 하다가 남자아이들과 갈라지던 4학년부터는 내가 반장이 되었던 학년도 있었다. 내 국민학교 시절의 전성기는 5학년이었다. 나는 반장이 되었고 두 학년 아래인 내 남동생은 회장이 되었던 그해 3월, 아버지는 우리 남매의 임명장을 받아 보시고 얼마나 흐뭇해하셨던가. 윤석경 선생님은 이화여자대학교 초등교육과를 졸업하신

아가씨 선생님이고 나의 5학년 담임쌤이었다. 선생님은 나를 참으로 귀하게 여겨 주셨고 그 사랑은 점심 도시락에서 확연히 드러내 보이셨다.

조개탄 난로로 난방을 했던 교실의 풍경은 70명이 넘는 아이들의 도시락을 젊디젊은 아니 지금 생각하니 어리신 선생님이 목장갑을 끼고 쉬는 시간마다 양은 도시락을 이리저리 뒤집어 놓는 일을 하신 것인데. 선생님은 내 도시락을 처음에는 난로와 맞닿는 바로 위에 놓으시다가 두 번째 칸으로 옮겨 놓으셨다. 타지도 않고 알맞게 따끈해진 내 도시락, 그해 겨울 날마다 선생님의 사랑이 전해진 그 도시락을 먹으면서 나는 자랐다. 선생님이 결혼식을 하던 날, 용감하게도 열두 살 어린이들은 버스를 타고 엄마가 준비해 준 결혼선물(쟁반세트로 기억한다)을 가슴에 안고 참석을 했다.

그 후 겨울방학 때 선생님은 임원 네 명을 집으로 초대해 주셨고, 용산 후암동으로 기억되는 선생님의 신혼아파트는 아담하고 예뻤다. 선생님을 우리한테서 빼앗아 간 아저씨는 우리를 위해 슈퍼로 나가서 과자를 잔뜩 사 갖고 오셨고 그 안에는 사루비아 과자도 있었으니 어린시절 사루비아는 꽃물로 스낵으로 최선을 다해서 나를 키운 셈이다. 선생님은 우리를 데리고 중국집으로 가셨고 그때 간짜장을 시켜 주셨는데 내 친구 영신이는 그릇에 붙어 있는 소스까지 헛바닥으로 핥아먹었다. 난 그 모습이 선생님 앞에서 조금 부끄러웠는데 선생님은 그저 웃으셨다.

산수 시간에 내가 방정식을 잘 이해를 못하자 선생님은 어찌 된 일이냐며 1등하는 네가 이게 무슨 날벼락이냐는 표정을 지으시더니 어느 날 나머지 공부를 시켜 주셨고, 내가 마침내 그 원리를 깨닫자 그럼 그 렇지 하며 내 머리를 쓰다듬어 주셨던 선생님. 당신은 이 모든 걸 잊으 셨겠지만, 나보다 열두 살 정도 많으셨으니 일흔쯤 되셨겠네요, 저는 선생님의 그 사랑 하나하나 다 기억합니다. 색맹검사지에서 내가 숫자 를 읽지 못했을 때, 선생님은 사색이 되셨다. "어머 옥순아, 우리 옥순 이가 어쩜 좋아." 하시며 몇 번이나 다시 전체를 봐야 해. 색깔이 달리 표시된 부분을 봐야 해. 너 색맹이면 안 되는데.

사실 나는 점점이 그려진 그 조그만 동그라미 안에서 숫자를 찾으려 고 했던 것이고, 그 검사는 한 면 가득하게 두 가지 색깔로 표시되어 전 체 면에서 조금 진하게 표시되어 있는 부분의 숫자를 읽어 내는 아주 심플한 검사였음을 알았다. 내가 색맹이 아닌 것을 선생님은 많이도 다 행스러워하셨다. 중학생이 되어 방정식을 본격적으로 배우게 되었을 때, 나는 선생님 생각이 나서 참 열심히 공부했고 중학교 2학년 기말고 사에서는 전교에서 유일하게 수학 과목에서 만점을 맞았다.

윤석경 선생님, 저는 서울우신초등학교 제58회 졸업생입니다. 5학 년 7반 반장이었고 선생님의 수제자였어요. 선생님의 신혼집에서 컬러 텔레비전을 처음으로 접했으며 당돌하게도 정치 뉴스를 보다가 여당 과 야당이 왜 필요한 거냐고 선생님께 묻기도 했습니다. 너무 궁금했거 든요. 열두 살에서 열세 살로 막 넘어갈 때였으니까요. 그날 선생님께 서 나를 보고 지으시던 흐뭇해하던 그 미소를 오십 년 가까이 흐른 지금도 생생하게 기억합니다.

"어머나 우리 옥순이가 공부만 잘하는 줄 알았더니, 이런 질문도 하는구나. 여당은 정권을 잡고 나라살림을 하는 정당이란다. 그런데 아무리 정권을 가졌다 해도 마음대로 정치를 할 수는 없지. 그러니까 간섭을 해야 하는 또 다른 정당이 있어야 하거든. 그래서 야당이 필요한 거란다."

고등학생이 되어 정치경제라는 과목을 배웠을 때, 선생님의 말씀이 생각났고, 스무 살이 되어 처음으로 선거권을 얻었을 때도 선생님의 가르침이 떠올랐다.

나의 유소년 시절 여행길에서 내 기억의 저쪽에 보이는 내 모습은 참 똘똘하고 야무진 모습을 하고 지금의 나를 안타깝게 바라본다. 이루어 놓은 것도 없고, 가난한 살림에 지친 초로의 여성이 된 나를 열두 살 소녀가 안쓰럽게 바라본다. 세월 참 야속하게 흘렀네. 그래도 그럼에도 소녀는 예순이 다 되어 가는 여인을 차마 외면하지 못하고 웃으며 손을 내민다.

소녀와 여인은 지난 반세기 동안 제대로 만난 적이 있었을까. 무엇이 그리 분주했기에 매일 함께 살면서도 소녀는 여인의 아픔을 제대로 어루만져 주지 못했다. 세월이 이리 허망하게 흘러 버릴 줄은 소녀도 여인도 느끼지 못했으므로, 이제라도 여인은 소녀를 소녀는 여인을 마음껏 아껴 주고 싶어졌다.

케렌시아를 찾아서

*"말하자면 나는 혼자만의 해와 달과 별들을 가지고 있
으며 혼자만의 작은 세상을 가지고 있는 셈이다."*
  - 헨리 데이빗 소로우

붐비지 않는 시간대의 지하철 안이다. 운이 좋을 때에는 큰 소리로 통화하는 중년의 남자가 단 한 사람도 없고, 좌석이 다 채워지지 않은 전동차가 초겨울 햇살을 받으며 한강 다리를 건널 때가 있다.

독서를 할 수 있는 최적의 장소임에도 내 목과 허리를 치료하는 의사들은 하나같이 지하철에서 책 좀 읽지 말라고 권고한다. 내 최애의 독서 공간에서 그럼 뭘 하고 보내나요. 오늘만 해도 1시간 20분 동안의 지하철 탑승시간(물론 편도) 동안 나는 의사들 말은 생각도 하지 않고 1호선 양주역에서부터 2호선 신림역까지의 만만치 않은 시간들을 독서로 보냈다.

쿼렌시아는 스페인어로 사전에서 정의하기를 "스트레스와 피로를 풀며 안정을 취할 수 있는 공간"이라고 한다. 시합에 나가기 전 소들에게 쿼렌시아를 마련해 준다고 한다. 극도의 긴장과 스트레스를 싸움하기 전에 잠시라도 풀어 낼 수 있는 쿼렌시아들은 이 도시 곳곳에 있다. 우리가 찾지 않아서 그렇지 아무리 삭막한 생활 안에서도 저마다의 쿼렌시아는 있다.

한가한 지하철을 만나기는 그리 쉬운 일이 아니므로 나는 언제든지 나를 반겨 주는 나만의 쿼렌시아를 기꺼이 찾아낸다. 오전 10시 30분에

집을 나선 내가 신림동에 도착한 것은 오후 1시가 조금 넘었다. 초행길이 아니었으로 나는 익숙한 카페의 문을 열고 들어선다. 카페, 특히 프랜차이즈 카페에서 판매하는 메뉴는 점점 다양해진다. 그저 라떼 한 잔마시는 것이 아니라 출출한 위장에게 어느 정도 위안을 줄 수도 있는, 반갑게도 쌀로 만든 주먹밥이 앙증맞은 모습으로 내 눈에 들어왔다.

카페에서 밥이라니…. 밥을 먹을 수 있는 카페는 혼밥에 익숙한 나에게 퀘렌시아로서의 역할을 충분히 해낸다. 더군다나 나를 알아보는 사람이 극히 드문 어쩌면 단 한 사람의 익숙한 얼굴을 맞닥뜨리지 않는 장소에서 만나는 카페라니. 어제의 카페에서 잠시 위안을 받았다면 오늘의 카페는 그 이상이다.

작년 여름 작은아이가 취준생이었을 때 함께 와서 망고 빙수를 먹었던 생각이 나서 들어온 이곳은 우리 동네에서 가장 인구밀도가 낮은 카페라는 생각이 든다. 넓은 카페에는 나를 제외하고 단 한 명의 남자 대학생이 손님으로 와 있다.

캐모마일 유자차인지 유자 캐모마일인지는 잘 모르겠고 신경을 안정시켜 준다는 캐모마일을 좋아하는데 좀 시큼한 것도 땡겨서 주문하였다. 데리고 온 책은 자신의 삶과 화해하는 삶을 강조하는 스토아 철학에 대한 책이다. 스토아 철학은 현재의 안정된 삶이 중요하다고 한다. 마음의 평화가 제일 중요한 것이며 삶이 유한하기에 눈에 거슬리는 옆 사람도 언젠가는 이 세상을 떠난다고 생각하면 소중하다는 그 사상이 소박하면서도 마음에 훅하고 들어온다. 철학이란 잘 죽는 연습을 하는 것이라고 테스 형이 말했다지. 스토아 철학의 시조 격인 세네카의 죽음 못지않은 역사적 죽음을 맞이한 소크라테스!

로마 네로 황제의 스승이었던 세네카는 네로의 폭정이 심해지자 정치에서 물러난다. 네로 황제의 암살사건 음모에 휘말려 황제로부터 자살하라는 명령을 받게 된다. 가족들 앞에서 죽는 세네카. 정맥을 끊고도 독약을 마셨는데도 죽지 않자 너무 고통스러워 증기탕 안에 자신을 넣어 달라고 했던 세네카의 죽음은 화가들의 그림 소재가 되었다.

소크라테스는 청년을 부패시키고 국가의 여러 신을 믿지 않는다는 죄명으로 고소되었다. 자신의 철학을 지키고 죽음을 선택했다. 인상적인 것은 아스클레피오스에게 닭을 빚졌다며 자신 대신 갚아 달라고 친구에게 당부하며 죽었다는데 닭을 몇 마리나 빚진 걸까. 이 위대한 철학자들의 죽음이 허무하다는 생각보다는 죽음 앞에서도 너무도 의연했고 죽음이야말로 육체가 영혼으로부터 아니면 영혼이 죽음으로부터 해방된다는 생각으로 기꺼이 죽음을 맞이했던 것이다.

사실 죽음이라는 것은 삶과 나란히 있는 것이다. 삶의 연장선이다. 나의 죽음은 즉 1인칭의 죽음은 그리 괴롭지 않은 것, 왜냐하면 죽는 순간까지 죽는다는 것을 모르고 죽고 나면 또 자신이 죽은 것도 모르지 않는가. 가장 슬픈 죽음은 우리가 사랑해 온 당신의 죽음이다. 즉 나와 가까운 2인칭의 죽음이야말로 우리가 안타까워하는 슬픈 죽음이고 이별인 것이다. 제3자의 죽음은 얼마간의 고통은 있지만 내 영혼을 칼로 도려내지는 않으므로 그저 애도하는 것으로 마무리된다.

나 말고 단 한 명의 손님이었던 청년이 배낭을 메고 카페를 떠났다. 나는 친절한 아르바이트생이 뜨거운 물을 다시 부어 준 캐모마일 유자차를 마시고 있다. 나의 퀘렌시아는 오늘도 그 역할을 충성스럽게 해 준다. 더 다양한 퀘렌시아를 찾고 있다. 퀘렌시아가 없다면 너무 슬픈 일이다. 우리는 단 한순간이라도 숨을 쉴 수 있는 공간이 있어야 살아낼 수 있다. 나는 내일도 그다음 날도 나의 퀘렌시아, 스타벅이 항해하다가 머물렀다는 그의 집 이외에도 이 도시 곳곳에 자리 잡은 나의 퀘렌시아를 찾아다닐 것이다.

말지나,
일곱 살 때 홍역을 앓다

2021년 3월 4일 목요일, 영하 1도의 아침

사소한 일이라도 타인에게 도움을 주었을 때의 기쁨으로 인간은 살아간다. 『죽음의 수용소에서』라는 명작을 써 낸 빅터 프랭클은 그의 저서에서 도저히 견뎌 낼 수 없는 고통을 이겨 냈던 것은 매일 아침 나치 수용소 동료들에게 힘을 내라, 용기를 잃지 말라고 한마디씩 건네주며 삶의 의지를 놓지 않았다고 한다. 자기 몫의 딱딱한 빵을 한 조각 떼어 타인에게 건네주는 것 또한 고통을 이겨 내는 데 아주 소중한 행동으로 여겼다고 했다.

20대의 나는 성당의 주일학교 교사, 돈보스코 청소년 센터에서의 야간 고등학교 교사로 봉사활동을 하였다. 태어나 보니 가톨릭 집안의 둘째 딸이었고, 내 세례명은 마르티나, 한국에서는 말지나로 부른다. 엄마는 젤마나, 언니는 마리아, 아버지의 세례명은 아오스딩이었다. 고등학생이 되어서야 나는 아우구스티누스를 우리나라 천주교에서 아오스딩으로 부르는 것이라고 알게 된다. 내 동생들이 태어나고 유아세례를 받았고 스테파노, 암브로시오라는 세례명을 받았다.

내가 태어난 날이 말지나 성녀의 영명축일이라 나는 말지나가 되었다. 어려서부터 지금까지 외가 쪽 친척들은 나를 말지나라고 부른다. 말지나는 물항아리가 얼음의 압력을 이기지 못하고 금이 가 버릴 정도로 추운 1963년 1월 30일, 음력으로 1월 6일 자정을 조금 넘긴 시간에 대구 중구 남산동 241번지의 초가집에서 태어났다. 아버지는 또 딸이 나며 서운해하셨고 엄마 역시 내심 아들을 바라셨으므로 기저귀를 갈 때마다 고추가 달렸으면 얼마나 좋을까 생긴 건 꼭 사내아이 같고, 머리도 무르팍처럼 머리털도 몇 가닥 없는 내가 아들로 바뀌었으면 하는 헛된 바람을 한동안 버리지 못했다고 한다.

말지나의 첫 번째 기억은 집 옆 도랑에 빠져서 맡았던 시궁창 냄새였고, 물이 많지 않아 떠내려가지는 않았지만 몹시 무서워서 엉엉 울었고 그 소리를 처음 듣고 달려 내려와 말지나를 수돗가로 데려가 씻겨 준 사람은 이웃집 봉순이 언니였다. 그 언니 이름이 봉순이가 아니라 무슨 자로 끝나는 걸로 기억하는데 말하자면 그 당시 좀 살던 집의 식모살이하는 언니였다는 것이다. 엄마도 아빠도 친척도 아닌, 이웃집 식모살이하던 열여섯 살쯤 되었던 언니가 말하자면 내 유년 시절의 첫 등장인물인 것인데 서운하게도 나를 구해 주고 얼마 뒤에 그 집에서 나간 걸로 기억한다.

만약 그 이름 모르는 언니가 이 글을 읽게 된다면 참 좋겠는데, 그럴 것 같지는 않다. 왜냐하면 그 언니는 나를 구해 준 것조차 기억 못 할지도 모른다. 어린 소녀의 모습이었을 텐데 나를 도랑에서 건져내고 옷을 벗기고 씻어 주었던 모습은 다섯 살 내 눈에는 참으로 듬직한 어른이었다. 말지나네 집은 대구시에서 몇 번의 이사를 하게 된다. 도랑 옆 초가집에서 살다가 방천가 근처로 간다. 방천이란 도랑과는 비교할 수 없이 커다란 존재로 기억한다.

방천가에 살면서 말지나는 두부공장으로 콩나물공장으로 엄마의 심부름을 할 정도로 자랐다. 때로는 물국수, 말하자면 국숫집에서 즉석으로 뽑아내는 칼국수를, 일요일 낮이면 열심히 사다 날랐던 것도 일곱 살 말지나의 놀이 겸 일이었다. 그럼 이쯤에서 독자분들은 말지나의 언니 마리아는 어쩌고 우리의 말지나만 심부름을 하냐고 의문이 생길 것인데 당시 국민학교 3학년이었던 마리아는 늘 부잣집으로 가고 싶다고 말을 배우면서부터 노래를 불렀다. 그의 부모는 마리아를 부잣집으로 양녀를 보내는 대신 부잣집 아이들이 다니던 성모유치원에 입학을 시킨다. 마리아는 심부름 따위는 할 생각이 없이 자란다.

지금도 말지나의 기억은 흑백사진 한 장으로 그 시절을 떠올릴 수 있다. 마리아의 유치원 졸업식인지 야유회인지 모르겠다. 경북대학교 캠퍼스 안에 있는 언덕길에서 찍은 사진 속에 친구들과 환하게 웃으며 커다란 선물을 들고 있는 마리아와 뚝 떨어져 스웨터 차림의 말지나가 웃지 않고 서 있다. 그 모습이 안쓰러운지 엄마가 말지나의 손에 사탕 한 개를 쥐어 준다. 그래도 사진 속의 말지나는 웃지 않고 사탕만을 꼭 쥔 채 서 있다.

그해 겨울 일곱 살이던 말지나가 하루 종일 잠에서 깨어나지 못하고 열에 시달리다가 꿈을 꾼다. 꿈속에서는 세상 모든 것이 하얗다. 끝없이 눈밭이 펼쳐졌다가 다시 사라지고 그 눈밭이 강물로 변하더니 말지나를 싣고 달아나고 흘러 흘러 다다른 곳은 천당인지 연옥인지 잘 모를 세상이었다. 꿈에서 깬 말지나는 엄마를 불렀다. 소리가 나왔는지 잘 기억은 나지 않았으나 엄마는 달려오지 않았다.

방천으로 옷감이나 이불을 만들 수 있는 온갖 천들이 떠내려오는 날이었는지 동네 엄마들은 모두 방천가로 몰려들었고 말지나의 엄마도 그중에 끼었는데, 홍역을 앓고 잠들어 있는 아이를 집에 두고 열심히 주웠던 이불감들은 그 후 50년 동안 말지나네 식구들을 덮어 주었다. 지금도 고열에 시달리다 보면 그때 생각이 난다고 말지나는 자신에게 살짝 말하곤 한다. 그때처럼 열이 난다고. 아무도 기억하지 못하는 고열. 그리고 계속되는 꿈.

그다음 해 말지나의 가족은 대구시 봉덕동으로 이사 간다. 말지나는 봉덕국민학교에 입학을 하고 얼마 지나지 않아서 얼음집, 이글루는 아니고 겨울이면 방 벽면에 성에가 끼는 기억을 말지나는 얼음집이라고 저장해 둔다. 초봄이었으나 쌀쌀했으므로 연탄을 땠고 식구들은 가스 중독에 노출되어, 대구 동산병원으로 실려 간다. 첫 번째 가스중독 사건이었다. 다행히 말지나와 식구들은 깨어났다.

결혼

나는 올해 60살이고 결혼 전 30년을 살아 냈고 결혼 후 30년의 삶을 살았으며 평균 연령까지 산다면 앞으로 30년쯤 더 살 것 이다. 결혼을 해야 좋은지 혼자 사는 게 좋은지에 대한 정답은 없다고 본다. 63년생 신옥순의 결혼생활의 단면들을 그녀가 본인의 블로그나 몇몇 온라인 매체를 통해서 기록해 놓은 글을 보며 그녀의 삶에서 결혼이란 제도가 가져다준 기쁨은 무엇인지, 아픔은 또 어떻게 찾아왔는지 들여다보기로 한다.

프렌치 토스트와 아메리카노를 챙겨 주는 남자

2016년 어느 아침에 다음 블로그에 올린 글을 데려온다

아침 6시 40분이면 나는 한참 잠이 쏟아지는 시간이건만 나와 함께 살고 있는 남자의 위장은 그 안에 음식물을 넣어 주어야 할 시간이다.

"아메리칸 스타일? 코리안 스타일?"

매일 태양이 떠오르기 전 남편은 내게 의견을 묻는다.

전날 밤 미역국이나 된장국 혹은 김치찌개라도 내가 준비해 놓았다면 코리안 스타일로 먹자고 한다. 내가 잠결에 성의 없는 대답을 하면 이 남자 쌀을 씻고 밥을 안친다. 신기하게도 반찬 한두 가지 해 놓는다.

매일 아침 7시가 되기 전에 나와 마주 앉아 아침식사를 하는 것이 그날 하루의 가장 소중한 의식을 치르듯 밥을 맛나게 열심히 먹는다. 결혼하기 전 나는 아침밥을 거의 먹지 않았으니, 지금 생각하면 신혼 때

앓았던 신경성 위염은 먹지 않았던 아침밥을 갑자기 받아들여야 했던 나의 위장이 적응이 되지 않아 생긴 병이었는지도 모른다.

이제 나도 아침밥을 먹지 않고는 지낼 수 없는, 밥 좋아하는 남자의 마누라로 살다 보니 세상에서 가장 중요한 것이 밥이라는 것인가 하는 생각이 든다. 요즘같이 폭염이 계속되는 날씨에 반찬을 매번 만드는 것이 만만치가 않다. 일 마치고 집으로 돌아가는 길에 빵을 가끔 사 가지고 간다.

어떤 날은 남편이 강남에서 식빵 한 봉지를 들고 전철을 갈아타고, 또 버스를 타고 집으로 온다. 그다음 날 아침이면 우유에 빠트린 식빵에 계란 옷을 듬뿍 입힌 프렌치토스트와 향기 좋은 아메리카노를 내려 아메리칸 스타일의 식사를 하는 것이다. 24년 4개월 동안 대부분의 날들을 함께 마주하고 아침을 먹는다. 신성한 의식을 거행하는 제사장과도 같이 남편은 밥 앞에서는 진심을 보인다.

7시가 되기 전에 아침식사를 해결한 남편은 8시가 되기 전에 출근을 했다. 여름방학 중인 두 딸은 한밤중이고 딸들을 위해 나는 서리태 콩밥을 짓고 있다.

결혼이 가져다준 선물, 열한 명의 조카들

결혼하기 전에는 몰랐다. 피가 섞이지 않은 사람들을 혈육처럼 사랑하게 될 줄을.

한꺼번에 열 명이 넘는 조카들을 선물처럼 받았다. 선물이었다. 들

44

뜬 기쁨의 감정이 해가 거듭될수록 짙어 간다. 내 아이들에게 때로는 든든한 그늘막이 되어 줄 조카님들이 나를 부르는 호칭은 그들의 성격만큼 다양하다. 작은어머님이라고 부르는 조카사위. 작은어머니라고 부르는 남자 조카, 숙모라고 부르는 교양 있는 큰 조카딸도 있고 새해가 되면 늘 작은엄마 복 많이 받으라고 카톡 인사하는 조카딸과 나는 절친이다.

시댁 식구들 중에서 마음을 터놓을 수 있는 사람이 12살 아래의 조카딸이다. 서른한 살 신혼 시절에 고3으로 올라가던 겨울방학에 그 애가 우리 집에서 한 달 정도 지낸 적이 있었다…. 나한테 영어 수업을 받았던 그 시절, 음력으로 1월생인 나의 생일을 축하해 준다며 나뭇잎 초코케이크를 버스 타고 낯선 곳에 가서 사 들고 와서 박수를 치며 내 생일을 축하해 주었다. 만삭인 작은엄마를 위해 설거지도 야무지게 했고 청소도 해 주었다.

세월이 속절없이 흐르고 조카딸은 중학교 3학년 아들을 둔 엄마가 되었다. 그럼에도 나를 부르는 호칭과 그 호칭에 걸맞은 목소리는 24년 전이나 변함이 없다. 내가 결혼을 함으로써 내 삶을 풍성하게 해 주는 조카들과의 인연은 앞으로의 내 인생에서 어쩌면 몇 안 되는 소중한 행복일 것이다. 가족 행사에서 나는 늘 조카들과 이야기를 나눈다. 남편이 우리 항렬에서는 일가친지 통틀어 가장 막내이므로 나와 열 살 정도의 나이차가 나는 몇몇 조카님들의 대화에 나는 기꺼이 초대받는다.

그들과의 대화는 늘 즐겁다. 활기찬 젊음이 전달되어 기쁨이 된다.

외숙모님이 되고 외숙모도 되고 친정에서는 나를 작은고모라고 부르는 신씨 조카가 있고 결혼하기 전부터 내가 사랑했던 나를 이모라고 부르는 언니의 두 아들이 있다. 조카들은 내 딸들과는 또 다른 애정이 깃든 선물 꾸러미처럼 나에게 찾아왔다. 결혼이라는 제도가 나에게 준 최고의 선물 꾸러미로 말이다.

그러나 결혼이라는 게 좋은 점 못지않게 갖가지 힘든 점이 또 얼마나 많은가. 시어머님은 일곱 군데의 요양병원을 옮겨 입원하시고 두어 번 혼절 상태를 겪으시다가 91세 되시던 해, 추석을 이틀 앞두고 세상을 떠나셨다. 남편은 울지 않았다. 눈물을 흘리려고 애를 써 보았으나 눈물이 나지 않는다고 했다.

된장찌개를 끓일 때, 여자는 고춧가루를 넣지 않는다. 찌개의 색깔이 붉어지면 된장맛이 덜 나고 그저 김치찌개 같기도 하고 아무튼 된장 고유의 맛이 덜해지기 때문이다. 남자는 된장찌개에 꼭 고춧가루를 넣는다. 아이들이 독립하고 60대로 막 들어선 우리 부부는 매일 먹어야 하는 반찬의 취향이 어긋나는 것에서 거의 모든 일상이 반대의 모습을 이룬다.

이런 게 결혼이다.

나와 닮은 구석은 하나도 없는 것.

익은 김치를 좋아하는 남자와 생김치를 좋아하는 여자.

MSG 맛을 선호하는 남자와 그 맛을 가정에서는 못 견디는 여자.

동태찌개와 자반고등어와 꽁치를 좋아하는 남자.

갈치구이와 연어 스테이크와 조기를 좋아하는 여자가 함께 산다.

해바라기로 알려진 유익종의 노래를 좋아하는 남자와

우리 정통 트롯을 이어 갈 골든 보이스 황영웅의 노래를 하루 종일 듣는 여자가

31년 하고도 8개월째 한집에서 산다.

아 그리고 참을 수 없는 담배 냄새를 매일 풍기는 남자.

역시 참기 어려운 짜증과 신경질을 일주일에 한두 번씩 내는 여자.

여자가 그렇게 싫어하는데도 남자는 어제 아침에 또 재활 용품들이 모여 있는 곳에서 장식품을 주워 왔다. 이 또한 30년이 넘도록 고쳐지지 않는 남자의 습성이다. 남자는 가난에 길들여 있는지 남들이 버린 물건을 애정 어린 눈빛으로 바라보고 여자는 굶어 죽어도 남자가 주워 들고 오는 물건이 싫었다.

이것이 결혼이다.

아버지의 강

2021년 3월 6일 토요일 새벽 3시, 나는 병원 침대에 누워 있다. 오늘 이곳을 떠난다. 6박 7일간의 캠핑 같은 병원생활이었다고 말할 수 있다. 한의원에서의 입원생활은 신선하기까지 했다. 혈관 주사를 맞지 않으므로 일단 손이 자유로웠다. 밥 먹는 거 세수하는 거, 화장실 다녀오는 것은 물론이고 이렇게 일기까지 쓸 수 있고, 마음껏 책을 읽을 수 있다니 별천지였다. 네 번의 수술로 입원했을 때는 계속되는 고통과 그 고통을 잊게 하려고 항생제와 진통제로 늘 수액주머니를 달고 지냈으므로 많이 불편했었는데.

TV 소리 나지 않는 혼자만의 병실, 맛있는 식사가 시간 맞춰 다정하게 내 앞에 놓이고 하루 두 번의 한방침 치료, 이틀에 한 번 추나요법을, 물리치료는 매일 오전 10시와 오후 3시에 받았다. 입원 환자만의 특권이다. 로비에 나가면 바디프렌드에 몸을 묻고 굳어 버린 목과 어깨와 허리를 풀어 주곤 했다. 일상을 잠시 벗어났을 때 신선하고 참으로 행복하기도 했는데, 그 수명은 일주일 딱 그것만큼의 부피였다.

어느새 몸과 마음은 집으로 향하고 있다. 이곳에서 처음 TV를 틀었던 그저께 밤에, 10살 소녀가 노래를 부르는 장면이 나왔다. 아버지에 대한 그리움과 사랑을 담은 애절한 가사와 음률이었다. 내 아버지 생각이 쓰나미처럼 한 조각 한 조각 끝없이 밀려왔다. 42년 전에 돌아가신 우리 아버지에 대한 기억들이 이렇게 차곡차곡 내 마음 깊은 곳에 있었구나. 지금의 내 나이보다 열 살이나 젊은 아버지가 딸기가 먹고 싶다고 하시더니, 임종 바로 전에 분홍빛 토사물을 게워 내시고는 갑자기 슬픈 눈을 뜨셨다가 감으셨다.

　마흔다섯 살의 엄마에게 양심도 없이 네 명의 자식을 맡기고 아버지는 세상을 떠나셨다. 직업병으로 얻은 간경화로 그렇게도 그리워하던 북녘땅 양덕을 가 보지 못하고, 마흔아홉 살의 나이로 부활절을 사흘 앞두고 우리 곁을 떠나셨다. 나는 세화여자고등학교 신입생이었고, 언니는 효성물산 수입부 미스 신으로 막 사회생활을 시작했다. 동생들은 중학교 2학년, 국민학교 5학년이었다.

　평안남도 양덕군 오강면에서 아버지는 1931년 음력으로 2월 19일에 태어나셨다. 누님, 형님과 남동생이 한 분씩 계셨다고 한다. 물 좋고 풍경 좋은 양덕에서 넉넉한 집안의 아들로 자란 우리 아버지가 공산주의 체제가 싫어서 홀로 월남하며 겪었던 사연들은, 내가 서울 영등포구 신길동에 있는 우신국민학교 6학년이었을 때 글짓기 대회의 주제로 쓰여졌다. 원고지 22장의 분량이었으니 우리 아버지가 어린 딸에게 하고 싶은 이야기가 참으로 많으셨나 보다. 놀랍게도 아직도 그 세세한 내용이 기억난다.

　인민군의 눈을 피해 밤중에만 산에서 밥을 해 먹었다는 이야기. 대동강을 넘어오면서 북한에서 사용하던 붉은색 지폐를 버리고 오는 사람들이 얼마나 많았으면 대동강 물이 붉게 물들었다는 이야기를 하실 때의 아버지는 조금 슬퍼 보였으나, 자유민주주의가 좋아서 죽음을 무릅쓰고 남으로 내려오신 당신의 선택은 영원히 후회 없을 거라고 하셨다.

　남한으로 내려온 아버지는 경상도 대구의 어느 수도원으로 들어가셨다. 지금도 아버지가 구겨진 신사바지와 당신 체구에 비해 살짝 커보이는 양복 자켓을 입고 동료들과 수도원 마당에서 찍은 흑백사진이 기억난다. 사진 속의 아버지는 스무 살은 넘어 보였으나 참 젊었다. 수사가 되려고 했으나 신앙에 일생을 바칠 만큼 뿌리를 내리기엔 아버지는 너무 외로웠고 무서웠다. 천주교 집안의 우리 엄마를 만난 것도 이러한 아버지의 심정이 닿았으리라.

아버지, 보고 싶어. 내가 열일곱 살 때 아버지는 나이가 많아서 아파서 죽은 줄로 알았는데, 육십이 다 되어 가는 나이가 되고 자식을 키우고 독립을 시켜 보니, 아버지는 너무 젊었을 때 죽음을 만난 거였다.

아버지, 기억나요? 대구 남산동에 살 때 홍수 나던 여름 말이야. 마당에 항아리도 냄비도 빗자루도 둥둥 떠내려간 날, 집 앞 도랑에 물이 넘쳐서 우리 집 안으로 들어온 날, 우리 넷을 차례로 안아서 우리보다 잘살았고 지대가 높았던 이웃집으로 옮겨 주셨잖아. 지금 생각하니 아버지가 일하던 집이었어, 아버지를 죽음으로 내몰았던 그 일말이야. 하필 유기 만드는 기술을 배웠냐고, 수백 도의 녹물을 매일 끓여서 놋그릇을 만들었던 젊은 우리 아버지의 얼굴 위로 굵은 땀방울이 하염없이 흘렀다. 아버지의 점심 도시락을 가져다 드리면 나를 보며 환하게 웃으시던 아버지, 그리운 아버지.

유기 기술도 두 가지가 있었다면서… 임금을 조금 더 받겠다며 불 앞에서 주물을 담아내는 그 무서운 부질인가 하는 그 일을 하셨냐 말이야. 다 만들어진 유기그릇을 닦아서 광을 내는 일을 하셨던 백씨 아저씨는 아버지보다 이십 년 이상은 더 살았는데. 아버지가 나보다 언니를 더 예뻐했다는 거 실은 나 알고 있었어. 열 살쯤 되는 언니가 원피스를 입고 대구의 어느 공원 시계탑 앞에서 아버지와 찍은 사진을 봤거든. 나랑 아버지랑 찍은 사진은 아무리 찾아봐도 없더라고. 많이 서운하고 억울했는데 50년도 더 지난 어느 늦은 겨울밤의 행복했던 한순간이 생각난 거야.

언니만 유치원을 보내준 게 미안했던지 아버지가 국민학교 1학년 국어 교과서를 한 권 사다 주신 거야. 그해 3월이면 내가 입학을 해야 하는데 글자라도 익혀서 보내고 싶으셨나 봐. 자다가 눈 비비며 일어난 내가 국어책 한 권을 처음부터, 그러니까 바둑아 나하고 놀자. 영희야 철수야 같이 놀자. 뭐 이렇게 시작하는 국어책을 끝까지 다 읽어 내니까 고단했던 아버지의 얼굴이 함박웃음으로 소리까지 내시며 기특한 우리 딸이라고 머리를 쓰다듬어 주었던 아버지의 모습을 내가 지금까지 추억할 수 있다니….

내가 대구 봉덕국민학교에 입학하기 전 겨울, 그러니까 유치원 대신 국어책을 내 품에 안겨 주고 아버지는 서울로 직장을 옮긴 걸로 기억해. 사람은 서울 가서 공부해야 한다며 일단 당신 먼저 가서 자리 잡는 대로 식구들을 올라오게 하겠다며 서른아홉 살의 아버지가 서른다섯 살의 아내와 열 살, 일곱 살, 다섯 살 그리고 두 돌이 안 된 막내를 대구에 두고 통일호 기차를 타고 낯선 서울로 올라가셨지. 두 달에 한 번 대구로 내려오실 때마다 아버지는 잊지 않고 오리온 종합선물 과자세트를 언제나 아버지의 커다란 가방 안에 넣어서 밤 기차로 오셨잖아요. 아버지, 보고 싶은 우리 아버지는 잊으셨을까.

난 그다음 날 친구들에게 자랑 많이 했는데. 이거 우리 아버지가 서울서 사 온 건데 하면서 사탕 한 알씩 친구들 입에 넣어 준 거 다 생각나요, 아버지. 크리스마스가 되면 백 원짜리 지폐를 한 장 넣어서 카드도 보내 준 거, 그 카드의 그림도 기억나. 빨간색 바탕에 소녀가 무릎 꿇고 예수님께 기도하는 그 카드는 지금까지 눈에 선하게 보여, 그 안에 아버지의 사랑도 보였고 아버지가 건너 온 대동강도 보이고.

엄마 혼자 두시는 게 마음이 편치 않다면서 언니가 엄마랑 살고 있고 모녀가 단 한 번도 싸우지도 않고 말다툼도 하지 않는다는 거예요. 언니는 그러니까 아버지 큰딸은 어렸을 때 아버지 사랑을 많이 받아서인지 성품이 무던하고 변함이 없어서 엄마가 믿고 의지하며 살고 있으니 아버지, 혹여 엄마 걱정은 마시라고 이제서야 알려 드려요.

북쪽이 가장 가까운 경기 북부 파주에 천주교 종로성당 공원묘지 5단지 F열 로열층에 아버지는 42년째 누워 계셔.

고등학교 1학년이었던 내가 육십이 되었어요. 마흔다섯 살이었던 우리 엄마는, 지금 생각하면 너무 젊은 엄마가 어떻게 그 힘든 세월을 지나오셨을까. 아버지를 원망할 만한데, 죽어서도 같이 있고 싶으신지 10년쯤 전에 아버지 산소 옆에 가묘를 만드셨고 비석에도 사망한 사람의 이름으로 새겨져 있는 거야.

지난주 아버지 산소에 갔을 때,

아버지가 좋아하시던 「꿈꾸는 백마강」, 「한 많은 대동강」을 여러 가수의 노래로 들려 드렸는데. 아버지, 잘 들으셨죠.

백마강 달밤에 물새가 울어
잊어버린 옛날이 애달프구나
저어라 사공아 일엽편주 두둥실
낙화암 그늘에 울어나 보자

한 많은 대동강아 변함없이 잘 있느냐
모란봉아 을밀대야 네 모양이 그립구나
편지 한 장 전할 길이
이다지도 없을 쏘냐
아 썼다가 찢어 버린 한 많은 대동강아!

지하철 사연

1호선은 유달리 노인 승객들이 많다. 인천행을 타든, 소요산행을 타든, 신창행을 타든 그렇더라는 것. 나도 7년 후면 우리나라에서 정한 노인이 되어 전철요금을 면제받을 몸이라, 노인들의 전철탑승이 마음에 안 든다 뭐 이런 이야기를 하려는 것이 아님을 알아주시길. 참기 어려운 역겨움이란 지금 내가 목격한 풍경인데, 분홍색 임산부석에 앉아서 그 칸의 모든 사람 아니 그다음 칸까지도 들릴 정도의 큰 목소리로 통화하는 중간 노인쯤 되는 남자. 그 옆자리에서 김연수의 『사랑이라니, 선영아』를 읽던 나는 기겁하여 다른 칸으로 도망쳤다. 휴대폰을 열심히 보는 두 청년 사이에 빈 좌석이 있었기 때문이다.

그럼에도 그 중년 남자의 통화내용이 전철 안에 울린다. 아무도 뭐라 하지 않는다. 그 남자 집의 아파트 관리비니, 의료보험료까지 다 들릴 정도다. 그때 정신이 나간 듯한 노인이 소리를 지르며 걸어가는 것은 차라리 순간이었고 내용도 잘 들리지 않아, 신선하기까지 하다. 옮겨 앉은 내 자리에 젊은 여자가 종이쪽지 한 장 올려놓는다. 아기 엄마입니다. 아기 우윳값이 없어서 괴롭고 그러니 조금만 도와달라는 내용이다.

정말 아이를 낳은 여자일까. 아닐지도 모르지. 내가 딸아이들을 키울 때, 1990년대 중반쯤의 시절, 육교 위에서 (아마 안양시내였던 것 같다) 아기를 품에 안고 젖을 먹이며 구걸하던 여자의 모습이 오버랩 되었다. 그날 저녁 반찬값으로 주머니에 넣고 있었던 오천 원짜리를 선뜻 내주었는데 그 여자는 아무런 반응도 없다가 내가 그녀 앞을 지나고 나서 돌아보니, 누런 이빨을 드러내고 웃어 보였다. 난 그 모습이 한동안 떠올라서 기분이 좋지 않았는데, 이십여 년이 흐른 후 인천행 지하철 안에서 구걸하는 아기 엄마를 만나게 되었다.

지갑 안에 오천 원권도 있고 천 원짜리도 있어서 어떻게 할까 망설여졌다. 가방을 열려고 하는데 종이가 지하철 바닥에 떨어졌고 동시에 그 여자가 다른 좌석에 종이를 돌리고 내 자리로 오고 있었다. 아기 엄마가 아니라면 굳이 그 종이를 내가 줍지 않았을지 모른다. 아기 엄마라잖아, 그 귀하디 귀한 아기, 아기. 종이를 주우며 지갑 안에서 천 원짜리 한 장을 건네며 이걸로 우유 200미리는 살 수 있으려나 왜 이리 부끄러운 거야.

그런데 이 아기 엄마는 진짜 아기 엄마인 게 맞구나. 오천 원짜리도 아닌 천 원짜리를 건넨 나를 향해 90도 아니 110도쯤 되는 둔각의 크기로 절을 하는 게 아닌가. 그때까지도 임산부석에 앉은 중간 노인의 몰상식한 통화는 계속되었다. 그러는 중에 허리 복대를 파는 아주머니와 마스크 안에 습기를 제거한다는 실리콘인지 플라스틱인지를 파는 중년의 남자 목소리와 움직임이 지하철 안을 들썩거리고 마이크에서는 안내방송을 한다.

"열차 안에서 물건 판매하시는 분은 이번 역에서 하차하여 주시고⋯."

그러거나 말거나 좌석에 앉은 일곱 명 중의 일곱 명의 승객들은 저마다의 스마트폰을 들여다보고 있다. 지하철과 스마트폰은 찰떡 궁합인 것임을 우리는 인정할 수밖에 없다. 쿠팡에서 양파랑 고구마를 살 수 있고, 위메프 앱을 열면 그날의 특가라고 뜬다. 한 장에 무려 1,500원씩 하던 kf94 마스크를 사기 위해 매주 수요일이면 (출생연도에 따라 63년생인 나는 수요일에만 마스크를 살 수 있었다.) 출근길에 줄 서고 점심시간에도 줄 서서 가슴 졸이며 샀던 것이 그리 먼 옛날의 일이 아닌데, 오늘의 특가에서는 식약처 인증 kf94 마스크가 100매에 22,900원이라잖아, 그것도 개별 포장이라는데 어찌 안 살 수 있겠는가.

그뿐만이 아니다. 모내기(모아질수록 내려가는 기적의 가격쯤으로 알고 있다) 펀딩에 성공하면 제주도 흑돼지가 500g씩 4팩에 9,900원이고 무료배송이라니 주부로서 감격적인 가격이 아닌가. 지하철에서 나는 바쁘다. 장도 보고, 책도 읽고, 심지어 일기까지 쓰게 하는 스마트폰의 위력은 어디까지일까. 동암역에서 영애 씨를 만나 본죽집에서 해물죽을 먹고 이디야에서 두 시간쯤 인생강의, 영애 씨는 독실한 기독교 신자로 우리들 삶에 신앙을 접목시키는 인문학 강의를 만날 때마다 나에게 열심히 전달하고 나는 그런 영애 씨의 강의를 고맙게 받아 새긴다.

지하철에서 내 할 일을 하면서 동두천행을 타고 집으로 돌아가고 있는 중이다. 모퉁이 좌석을 운 좋게 차지하였기 때문에 나는 책도 읽고 잘하면 일기까지 쓸 수 있으리라는 희망을 품고 있었다. 갑자기 시끄러운 소리가 내 오른쪽에서 들린다. 남자 노인이 유튜브인지, 드라마인지를 이어폰 없이 틀어 놓는다. 왜 남들 생각은 안 하는 걸까. 나는 또 기겁하여 자리를 옮긴다. 아직 퇴근 시간이 아니라서 자리가 있었다. 부디 내 옆 자리에 조용히 스마트폰을 보며 지하철을 이용할 젊은이가 앉기를 바라며, 김연수 작가의 소설을 읽는다.

두 시간이 넘는 전철 여행길이 평화롭기를 바라고 있는데, 오, 드디어 버즈를 귀에 꽂은 청년이 내 왼쪽에 앉았다. 이 청년은 스마트폰으로 노래를 듣는데 거의 소리는 나오지 않았다. 그의 폰 화면이 갑자기 바뀐다. 카카오톡 선물하기를 누른다. 곁눈질로 슬쩍 보니 스타벅스 기프티콘을 선물하고 있고, 그 친구 이름은 보라라는 것까지 나는 알게 된다. 티라미슈 조각 케이크와 아메리카노 한 잔의 그림이 나타나더니 순식간에 다른 화면으로 바뀌네. 내가 내리는 양주역까지 갈까 아니면 의정부쯤에서, 아니야 종로에서 내릴지도 몰라. 바라건대 큰 목소리로 통화하거나 이어폰 없이 방송을 틀어 놓는 그런 사람이 내 옆에 앉지 말기를. 보라 양에게 스타벅스 기프티콘을 선물하던 청년이 신도림역에서 내렸을 때, 나는 하마터면 왜 벌써 내리는 거냐고 그 청년을 붙잡을 뻔하였다.

몇몇의 남자 노인들이 신도림역에서 내가 탄 6량 열차 칸으로 들어올 때 사뭇 긴장까지 했으나 이번에는 40대 후반쯤 되어 보이는 남자가 옆에 앉는다. 다행히 통화도 하지 않네. 몇 정거장 지나더니 오른쪽 맞은편 대각선의 노약자석에서 뉴스인지 다큐 프로인지 커다란 소리가 흘러 나왔다. 서울역쯤 왔을 때였고, 그 소리가 금방 사라질 것 같지 않은 것이 그 남자 노인의 인상에서 느껴졌다. 타인에 대한 배려가 전혀 없을 듯한 무심함과 뻔뻔함. 마지막이길 바라며 자리를 옮겨 앉았다.

양주역까지 독서에 몰입하며 무사히 왔다. 『쾌락독서』, 『개인주의자 선언』의 저자 문유석 판사는 최고의 독서 장소로 출퇴근길의 지하철 안을 꼽았는데, 1호선은 아닌 거였다.

나이가 지긋하신 노인들은 큰 소리가 나지 않고 그저 시장 갔다 온 이야기, 아들딸 이야기들이 그 주제를 이룬다. 그냥 백색 소음으로 흘릴 만하다. 중간 노인들이여, 조용히 좀 갑시다. 나는 읽어야 합니다. 전철을 타면서 오로지 독서에 몰입하는 습관은 1년 6개월째 이어지고 있다. 책을 읽을 수 있다는 것으로 인천에서 양주까지의 전철 여행은 전혀 지루하지 않았다. 중간중간 타인의 사연들, 살아가는 모양들을 엎어 가며 말이지.

추신: 지하철 풍경이 매번 이렇게 분주하진 않습니다. 이틀 후 퇴근하는 길이었고, 창동역에서 화장실까지 다녀오는 여유를 부리며 승강장으로 내려갔습니다. 승객 3명만이 탑승해 있는 소요산행 열차가 문을 활짝 열고 기다리고 있더군요. 고요하게 나의 취미생활을 즐길 수 있었지요. 그러다가 아무도 없는 칸으로 와서 눕고 싶었어요. 출근길에 보았던 안개는 어느새 화사한 햇볕으로 전동차 안을 비추고 나는 김연수의 소설을 읽으며 양주역에 도착했습니다. 그러니까 바로 어제의 일이었습니다. 아침마다 8시 21분 인천행 급행열차를 타는 것으로 나의 지하철 사연은 시작됩니다.

걷다 보면

보고 싶은 사람을 보고 살 수 없는 것과, 보고 싶은 사람이 아무도 없는 것은 어느 쪽이 더 슬픈가. 두 가지 마음을 동시에 품고 살아가고 있는 나를 견디게 하는 건 일상의 루틴이다. 일찍 잠든 날도, 자정을 넘기고도 잠들지 못한 날도, 새벽 4시면 일어나게 되는 새벽형 인간이 되었다. 설거지를 잔뜩 미루고 잠들어 버린 날은 두 시쯤 깬다. 오늘이 그런 날이다.

스마트폰으로 확인한 시각은 한 시를 좀 넘었고 잠시 침대에서 미적대다가 버즈를 끼고 나의 가수의 노래를 들으며 하는 설거지는 노동이 아니라 즐거움이다. 설거지가 밀려 있으면 마음이 편치 않아도 그때그때 설거지하는 것은 습관이 되지 않는다. 내가 시장 보고 반찬하고 밥하니까 밥맛은 별로다.

힘들게 식사 준비하고 식구들이 맛있게 먹는 모습은 보기 좋고 나를 기쁘게도 하지만, 그들이 맛있게 먹는다고 해서 내 입에 맛있는 건 아니니까. 살아야 하므로 사료 먹듯 밥을 먹고, 고단한 상태에서 바로 설거지까지 시키는 건 나에 대한 예의가 아닌 것이라고 생각한다. 반찬 가지 수가 별로 없어도 설거지할 그릇들은 언제나 많다. 새벽에 일어나서 음악을 크게 틀어 놓고 설거지를 하니 나한테 덜 미안했고, 즐거운 노동이 되더라.

어제 남편은 연장 근무를 했다. 두 시간 더 노동일을 하고 온 그 사람의 옷은 흙과 먼지로 색깔 구분도 못 할 정도였다. 고단한 얼굴은 안쓰러웠고, 아직 완쾌되지 않은 다친 팔로 아파트 공사장에서 일하고 들어

왔다. 배가 얼마나 고팠을까. 양주역 앞에서 씀바귀를 파는 할머니에게 2천 원어치를 사 왔다. 남편이 좋아하는 봄나물이므로. 살아 내는 것이 힘들고 내 마음이 복잡할 때는 가까운 타인에게 관심을 두라고 했다.

내 사연들에 근심하는 시간으로 하루를 꽉 채우지 말고, 다른 이들에게 사랑을 주라고 했다. 손질한 조기를 모두 꺼내서 튀기고, 아침에 만들어 놓았던 반찬과 국 그리고 씀바귀 무침으로 저녁상을 차렸다. 큰딸, 작은딸 모두 이른 봄에 출산했던 나는 입맛을 잃었었다. 그 쓰디쓴 씀바귀 뿌리를 안양시 석수시장에서 남편이 사 오면 시어머님이 고추장과 매실액과 파와 마늘 그리고 참기름도 살짝 넣어 무쳐 주셨다.

입맛 찾고 네 새끼 젖 먹여 키워야지 하시던 어머니. 두 번의 제왕절개로 아이를 낳았을 때, 맹장과 쓸개를 떼어내는 수술을 했을 때, 우리 집으로 오셔서 한 달이고 열흘이고 밥해 주셨던 분 어머니. 막내며느리와 이런저런 이야기 나누는 걸 좋아하셨던 어머니가 보고 싶다. 이번 일요일 어머니의 유골을 뿌려 모신 당신의 친정 부모님 묘지에 다녀올까요? 새벽에는 글을 쓰지 말라고 했는데, 새벽 감성에 빠질 수 있으므로. 새벽, dawn. 내가 좋아하는 단어들 중의 하나이다.

보고 싶은 사람이 없을 줄 알았는데 볼 수 없는 시어머님을 보고 싶어 한다. 서울에서 좀 떨어진 이곳 낡은 서민 아파트의 5층(17층 중에서)으로 이사 온 후 나만의 공간이 생겼다. 58년 만에 드디어 나 혼자만의 방이 생겼다. 버지니아 울프가 그랬다잖아. 여자가 글을 쓰기 위해서 필요한 건 자기만의 방과 일 년에 500파운드의 돈이라고. 지금으로 환산해 보면 19,000파운드로 우리 돈 2,800만 원 정도이니 생계를 걱정하지 않을 정도의 돈. 한 달에 200만 원이 조금 더 되는 돈이다.

그 돈을 벌기 위해서 나는 을지로4가로 매일 간다. 종로5가역에 내려서 걸어서 간다. 지하도로는 우리 옷(한복)을 파는 상점으로 쭉 이어진다. 물론 속옷 가게도 모자 가게도 있지만 고운 한복들을 마음껏 구경하면서 11번 출구로 나오면 약국이 두 개쯤 있고 종묘상이 있고 한의원도 있고 우리은행이 나온다. 종묘상에서 상추 씨를 사서 심어 보기도 한다. 종로5가역에서 을지로4가 158 삼풍상가까지 매일 걷는다.

양주역에서 인천행 급행 열차를 타면 종로5가역에 9시 5분에 도착하고, 30분까지 출근하면 되니, 걸을 만하다. 서울의 중앙에 위치한 중구의 이 동네를 걷다 보면 마음이 조금은 쓰려 온다. 화려하지도 정갈하지도 않은 서울의 외딴 섬처럼 보이기 때문이다. 오토바이를 타고 아침부터 바쁘게 산업현장으로 이동하는 사람들을 본다. 지방으로 내려가는 휴일, 서해안 국도에서 만나는 할리데이비슨을 타고 폼 잡는 무리들을 볼 때는 아무 감정도 없었는데, 오토바이 한 대로 을지로에서 종로로 종로에서 각 자치구로 쉬지 않고 달려야 하는 오토바이 가장들의 모습은 안타깝기도 했고 조마조마하기도 하다.

내가 나이 들어가는 것이구나. 삶의 소중한 현장을 뭐 그리 안타까워하느냐 말이다. 여행사 경영을 더 이상 못 하게 되어 건설현장 일용직으로 일하는 남편은 저녁을 먹고 7시가 좀 넘으면 소파에서 잠든다. 새벽 5시에 일어나 인력사무소로 나가서 아파트 건설현장 잡부로 일하는 예순두 살의 일용노동자에게 저녁은 없다. 내 삶의 순간들도 노동의 얼굴로 채우고 싶다. 정신적으로 피곤한 일 말고 몸을 움직여서 고단에 빠져 잠들 수 있기를 희망해 본다. 그럼에도 나는 사람에게 받은 깊은 상처를 책 읽기로 완전히 치료받을 수 있었다. 매일 몇 시간이고 읽고 또 읽었던 독서는 삶의 태도 또한 긍정적으로 바꾸어 주었다.

마르셀 푸르스트는『잃어버린 시간을 찾아서』에서 *습관은 인간에게서 생겨나는 식물 가운데, 비옥한 흙을 가장 필요로 하지 않으며, 보기에 무척 황량한 바위에서도 제일 먼저 뻗어나가는 것*이라고 했다. 마음에 와 앉아 버린 이 문장으로 나는 독서야말로 나를 지켜 주는 요새가 되어 주리라 확신하게 되었다.

유니콘미싱, 부라더미싱 서비스센터, 삼주랍빠, 공구열쇠, 조명가게, 간판, 비니루, 전당포까지 지나고 20여 년 전에 실종된 여고생을 찾는 현수막이 걸린 배오개 다리를 건넌다. 청계천 양쪽으로 여러 업종의 점포들이 빽빽이 들어서 있음을 보며, 한 걸음 한 걸음 걷다 보면 을지로4가역 10번 출구 맞은편에 서서 횡단보도 신호등이 바뀌기를 기다린다. 멜빌의『모비 딕』에서 일등 항해사의 이름이 스타벅이라지. 그가 바다를 떠돌다 머무는 집, 스타벅스가 대우건설 빌딩 1층에 자리 잡을 때 부당한 일을 당한 게 있었던지 대우의 노동자들이 확성기를 틀고 시위를 했었다.

서울은 매일 소리를 질러대고 울부짖는다. 귀 기울이는 사람 없어도 이 도시는 잠시도 침묵할 줄 모른다. 내 안에 혈액과 땀과 호흡이 끊이지 않듯 서울은 계속 움직이는 생명체이다. 나는 오늘도 걷는다. 불안을 끌어안고 서울을 걷는다. 서울의 중심에서 경기 북부로, 경기 북부에서 서울로 돌아가고 돌아오고 걷고 또 걷는다.

걷다 보면 머물렀다 갈 수 있는 항해사의 집들이 거리 곳곳에 있다. 나를 반기는 집들이 들어오라고 손짓도 한다. 허니 블랙 자몽티는 겨울에, 망고 바나나는 여름에 내가 좋아하는 음료이다. 일등 항해사 스타벅은 그의 집에서 무슨 차를 마시며 다음 항해를 기다렸을까.

완두콩밥과 어린 농부

지금 이 순간에 몰두하지 않는 자는 유죄다. 이 한마디로 나는 무기력과 우울감에서 벗어날 수 있게 된다. 나를 구해 준 은인은 누구인가. 이 문장을 내가 읽을 수 있게 써 준 사람은 소설가 김연수다. 그의 소설 말고 산문집『지지 않는다는 말』을 읽었다. 천재 소설가 말고 일반인 김연수를 만나게 된 느낌이 들었다.

　어린 시절 김천역 앞 빵집 아들로서의 김연수가 빵 봉투를 접고, 나름 골목대장 노릇을 하는 유년 시절의 모습도 엿볼 수 있었다. 김연수는 일산 호수공원을 거의 매일 달린다고 한다. 혼자서 할 수 있는 운동이고 준비물도 없고 시간도 자유롭고 아무튼 그에게 딱 맞는다고 했다. 남편에게 물었다. 나도 달려도 될까? 일단 천천히 집 앞 공원에서 걸어보라고 한다. 빨리 걷지 말고 수준에 맞게 걷기부터 하라고 한다. 나도 나름 걷는다고 했다.

　종로5가역에서 을지로4가까지 걸어서 사무실로 가는 건데. 아침마다 종로5가역 11번 출구로 나오면 종묘상이 있잖아. 요즘 온갖 모종들을 구경하는 재미가 얼마나 좋은지 몰라. 여보, 우리 아산 산골 살던 때 생각나지. 우리 집 텃밭에 갖가지 모종들을 심은 걸 보고 금순네 아줌마가 소꿉장난하냐고 놀렸잖아. 세어 보니 서른 가지가 넘는 모종을 심어 놓은 거야. 꽈리고추, 청양고추, 그냥 고추, 방울토마토, 그냥 토마토. 오이 심던 날. 나는 오늘도 농부가 되었다로 시작하는 우리 보보의 아홉 살 때의 일기를 당신도 기억할까?

　오이는 젊은 오이, 노각은 늙은 오이라고 엄마께서 알려 주셨다. 호미와 장갑과 물조리개와 그리고 노각 새싹 다섯 개를 엄마와 심었다. 오이 새싹 뿌리에서는 오이 냄새가 났다. 여름이 다 지나갈 무렵 엄마께서는 노각 무침을 해 주신다고 했다. 입안에 침이 고였다. 뭐 이런 내용의 일기구절을 생각하며 노각 모종을 바라보았지. 여보, 우리에게도 참 아련한 기억들이 있었어. 벌써 20년이 흘렀다는 게 참 놀라워.

　내가 더 이상 이 도시에서 살 수 없을 것 같아서, 우리 무니가 강아지를 키우고 싶다고 해서 찾아가게 된 충청도 산촌에서 살았던 4년 6개월의 그 시절이 생각난다. 당신은 참 힘들게 출퇴근을 하면서 왜 불평도 한 번 안 했던 거야. 39번 국도를 타고 서울, 인천, 안양으로 하염없이 운전을 하며 살아가려고 애쓰고 있을 때, 나는 뒷마당 의자에 앉아서 법정의 『물소리 바람소리』를 읽고 있었지. 해바라기가 탐스럽게도 피어 있던 그 초가을에 말이야. 지금 소파에 누워 이 글을 쓰는데 지난번 큰 비에 물기가 그득한 액자를 당신이 베란다에 말렸잖아. 우리 아이들이 열한 살/여덟 살 때 찍은 사진을 내가 크게 확대해서 액자에 넣어 두었잖아….

　해바라기가 아이들 키보다 50센티미터는 더 자랐던 우리 집 뒷마당 생각나지. 그 해바라기 앞에서 무니와 보보가 나란히 서 있네. 환하게 웃는 보보가 언니한테 기대고 서 있고 무니는 다 큰 표정으로 미소 짓고 있네. 그날들이 다시 오지는 않겠지만 기억할 수 있을 때 기록해 두고 싶어. 우리가 할머니 할아버지가 된 건 아니니까 다행이야.

　내가 글쓰기를 시작하면서 나도 살고 싶어졌고 조금은 행복해지고 싶다는 소망이 생기더라고. 내 삶과 또 당신의 소중한 삶을 더 이상 버려 두고 싶지 않아. 일주일 내내 고된 노동을 하고 남편 역할, 아빠 역할 하느라 일요일 낮까지 헌신하고 나서야 당신은 친구를 만나러 나갈 수 있네. 우리 작은딸 보보도 어제 그러니까 오늘 새벽 두 시까지 스터디카페에서 자소서를 썼다지?

그 애도 오늘은 친구를 만난다고 나가고 나 혼자 집에 남게 되었는데, 옛 기억들이 나는 거야. 당신 방으로 가서 책꽂이 높은 곳에 있는 보보의 일기장을 의자에 올라가서 꺼내 들고 내 방 침대에서 읽어 보려고 해. 마흔 권쯤 되는 것 같아.

〈2004년 4월 17일 토요일〉

아이는 년, 월, 일 그리고 요일을 한자로 써 놓았다. 태어난 지 8년 된 아이의 전원일기를 세상에 내놓아도 되는 것일까, 다행히도 나의 작은아이는 엄마의 마음을 헤아려 주었다.

2003년도에 샀었던 사과나무에 언젠가부터 꽃이 피기 시작했다. 엄마와 나는 같이 가서 사과꽃을 따러 갔다. 사과꽃을 안 따면 10200 몇 송이가 나오는데 꽃을 안 따주면 사과도 10200 몇 개가 나와서 꽃이 많이 피면 꼭 따 줘야 한다. 봉오리 진 꽃들도 따 주고 한쪽에 몰려 있는 꽃들 중에서 1송이만 남기고 다 떼어 주어야 한다. 따는데 벌이 꿀을 먹고 있어서 쏘일까 봐 걱정이 되었다. 사과꽃은 향기가 조금 좋다. 우리는 사과나무에 약을 안 줄 것이다.

그러면 그 밑에 있는 딸기가 죽고 사과나무에도 안 좋을 수 있으니까 말이다. 그리고 사과꽃 뒤에 보면 아주 조그만 알이 있는데 그 알이 사과이다. 나중에 내가 딴 사과꽃이 열매를 맺어 사과가 크면 꼭 먹고 싶다. 또 엄마도 별로 힘들어하신 것은 아닌 것 같았다.

농약을 치지 않은 그 사과나무에는 단 한 개의 사과도 제대로 크지 못했고, 그럼에도 너는 낙담하지 않았다. 어쩌면 잊어버렸을까 그래도 엄마랑 열심히 사과꽃을 딴 우리 딸을 생각해서, 그해 가을에 나는 우리 집 뒷편의 사과농원에서 크고 맛있게 생긴 사과가 한 나무에 서른 알 정도 주렁주렁 열린 나무 세 그루를 샀고 우리는 빨갛게 익어 가는 사과를 바구니에 담았지.

11월 초까지 엄마와 보보의 사과 수확은 계속되었고, 네 담임 선생님께도 갖다드렸던 생각이 난다. 정말 맛있는 사과였어. 17년 전 네가 초등학교 2학년 시절에 쓴 일기장들이 엄마의 정다운 동무가 되고 있구나. 아마도 이 일기장들은 아주 오랫동안 내 곁에 있을 것이고, 앞으로 몇 번의 이사를 하더라도, 보보가 마흔 살쯤 되어 내가 마음 놓고 세상을 떠날 때까지도 나의 보물로 있을 거야. 일곱 번의 이사를 하면서 그것도 농촌에서 도시로, 다시 도시에서 도시들로 옮겨 가면서도 네 일기장만큼은 끌어안고 살고 싶었다. 그 안에는 우리 네 식구가 가장 행복했던 순간들이 있으니까.

〈2004년 5월 12일 수요일〉

효도: 상추 뜯기

비 오는 날이어서 내가 엄마께 조그만 효도를 했다. 바로 비닐하우스에서 상추를 뜯어 오는 것이다. 나는 바구니를 들고 우산을 쓰고 빨간 상추 15개, 초록 상추 5개를 뜯으러 갔다. 딸기가 거의 빨갛게 익어 가는 우리 집 딸기밭을 지나서 다리를 건너고 비닐하우스에 다다랐다. 옥수수, 시금치 등 채소들의 사이에서 상추가 있었다. 쑥쑥 자라서 조금 커진 상추들만 뜯어서 바구니에 넣었다.

비가 와서 비닐하우스에 톡톡톡 하는 소리가 났다. 참 웃겼다. 상추가 싱싱해서 먹기 좋았다. 상추를 따면서 빨간 상추는 "한 개, 두 개, 세 개, 네 개……." 이렇게 세어 가면서 따니 벌써 한 바구니가 찼다. 나는 가는 길에 톡톡톡 하는 빗방울 소리에 맞춰서 콧노래를 부르며 갔다.

그날 비 오는 날 저녁에 네가 따 온 상추와 오리고기랑 우리 식구가 맛있게 밥을 먹었지. 그리도 조그맣고 까무잡잡한 아이가 무사히 자라서 어른이 되었구나. 비닐하우스를 나와 징검다리를 건너는 곳의 딸기밭 기억나니? 너는 하얀 딸기꽃이 열매가 되고 오월이면 딸기의 색깔이 조금씩 붉어지기 시작하면 마냥 신기해했고 나는 그런 네 모습이 얼마나 예뻤던지.

딸기가 빨갛게 익어 가던 그다음 날 너는 바구니에 딸기를 가득 담아 왔었지. 갑자기 딸기 주스가 먹고 싶다며 아홉 살의 너는 용감하게 믹서기에 딸기와 얼음을 가득 넣고 갈아서 엄마에게 갖다주었지. 그 시절로 다시 돌아갈 수는 없지만 이렇게 추억할 수 있는 너의 일기장이 더없이 소중하구나.

〈2004년 6월 3일 목요일〉
효도: 완두콩, 고추 따기

오늘 저녁으로 완두콩밥과 멸치볶음, 고기를 먹는다고 엄마께서 말씀하셨다. 그러기 위해 꽈리고추, 완두콩, 풋고추가 필요해 지난 4월 엄마께서 심으신 고추밭으로 갔다. 꽈리고추는 꼬불꼬불 꼬아져 있어서 찾기 쉬웠다. 나는 계속 계속 둘러보면서 꽈리고추를 따니 어느새 많아졌다. 그다음 고기 먹을 때 같이 먹을 풋고추를 따는데 엄마께서 큰 것만 따라고 하셨다.

나는 크고 길고 날씬한 풋고추들을 땄다. 참 맛있게 생긴 것 같았다. 다음 타자 완두콩은 엄마께서 심으셨는데 벌써 자라 콩 주머니가 볼록하게 나와 있었다. 콩 주머니 문을 열면 완두콩 가족이 얼굴을 내민다. 정말 귀여웠다. 바구니에 완두콩을 넣으면 옆으로 자꾸 빠져서 조심조심 완두콩을 바구니에 넣었다. 오늘 저녁이 궁금하고 정말 맛있는 저녁이 되겠고, 엄마께서는 기뻐하셔 나도 기뻤다.

그날 네가 따 온 완두콩으로 지은 밥이 어찌나 맛이 좋던지. 지금도 잊혀지지 않는구나. 올여름에는 장날이 서는 어느 시골 마을에 가서 완두콩을 한 자루 사 와야겠구나. 너에게 완두콩밥을 한 그릇 먹여야지.

〈2004년 9월 9일 수요일〉

노을

우리 집은 저수지가 보이고 산으로 둘러싸여 있다. 언제는 무지개 노을이 저수지에서 나온 것처럼 촤악~ 퍼졌다. 그런데 어제, 오늘은 붉고 예쁜 노을이 깔려 있었다. 정말 예쁘다.

그런데 노을은 대체 어떻게 생기는 것일까? 나는 무엇보다 저수지 위에 산이 있는 것처럼 보이는 우리 집에 붉게, 예쁘게 물든 노을은 세상 그 어느 것보다는 아니지만 내가 본 것 중에 제일 예쁘다. 그리고 노을이 퍼졌을 때. 언니와 밖에 나가서 노을을 보니 빨간 노을이 퍼져서 우리에게 반사돼 우리의 살도 빨개졌다. 나는 노을을 보면 속이 뻥 뚫리는 것 같다. 이번 노을은 내가 본 노을 중에 제일 멋있었고 노을이 맨날 퍼졌으면 좋겠다.

기록이라는 것은 삶을 풍성하게 한다. 2001년 9월 11일 지구 저쪽에서는 어마 무시한 테러가 일어나던 그 시간에 나와 남편은 아홉 살, 여섯 살 두 딸을 데리고 도시를 떠나 충남 아산시 영인면 성내리로 이사를 갔고, 우리는 대체로 행복하게 살았다. 잔디가 깔린 앞마당에서 두 딸아이는 방아깨비도 잡고 소꿉놀이도 하고 배드민턴도 쳤다. "아빠 저게 무슨 별자리야?"라고 묻기도 하고, 별똥별이 너무 빨리 떨어지는 바람에 소원을 제대로 빌지 못해 딸아이는 속상해하기도 했다.

이사하고 그다음 해 나는 작은아이를 유치원에 보내지 않고 엄마와 농사를 짓는 체험으로 일 년을 보냈다. 책 읽기와 영어 공부는 즐겁게 하였다. 아이는 흙을 밟고 강아지에게 우유를 주고 닭장에 가서 알을 꺼내 왔다. 추운 날이면 새들이 어떻게 먹이를 찾을까, 비가 오면 눈이 오면 어디서 피할까 염려했다.

나는 자연 속에서 자라는 딸아이를 보면서 행복했다.

〈2007년 11월 21일 수요일〉

(어린 농부가 도시로 올라와 5학년이 되었던 어느 초겨울의 일기장를 발견한다.)

와아~~~ 어젯밤부터 눈이 오더니, 오늘 아침에 보니 눈이 제법 소복이 쌓여 있었다. 올해 안으로는 눈이 못 올 것 같다고 했는데 이렇게 빨리 오다니, 기쁘다. 겨울이 왔다는 것도 기쁘고 이제 비로소 내가 좋아하는 겨울이 시작되었다는 게 나는 좋다. 그런데 어른들은 그저 '눈 오는데 미끄러워서 운전이나 하겠나'라는 생각만 하는 것 같다.

안양에 이사 오기 전 시골에서 살았었는데, 앞마당에 눈이 소복이 쌓이면 언니와 눈싸움도 하다가 지치면 큰 눈사람도 만들고 우리 집에서 좀 올라가면 있었던 호수에 물이 얼면 썰매를 타기도 했었다. 앞마당 가운데에 향나무도 한 그루 있었다. 까치들은 눈을 피하려 향나무 밑에서 놀고, 나는 우리 집 거실에서 마당을 볼 수 있는 커다란 창문으로 까치들이 노는 것을 지켜보기도 했다.

　시골의 눈은 정말 새하얗고 깨끗하다. 시골에 살 때 에피소드도 무척 많았다. 시골집은 충남에 있는데, 엄마께서 내가 충남외고에 가면 나는 기숙사 생활을 하고 엄마, 아빠는 시골집에서 사신다고 했다. 흠… 그러면 내가 충남외고에 갈 수밖에 없는 것인가??? 지금 생각해 보니 시골에 산다는 것은 남다른 특별함인 것 같다. 그곳에서 개도 여러 마리 키우고 갓 낳은 새끼 강아지도 만져 보았고 닭이 알 낳는 장면도 보았었다.

　또 집 앞마당에 새집도 봤다. 그 안의 조그맣고 파란 알은 정말 귀여웠고 알을 깨고 나온, 아직 털이 축축이 젖어 입을 쩍 벌리고 있는 아기 새도 봤다. 사실 아기 새는 좀 징그러웠지만….

　또 족제비와 도마뱀도 본 적이 있었는데 너무 신기했다. 밭에 있던 사슴 똥은 진짜 신기해서 따로 보관하고 싶을 정도였다. 여름에는 뒤뜰에서 호스를 통한 물을 엄마, 아빠, 언니와 함께 서로 뿌리며 신나게 놀아서 무척 시원했다. 다시 돌아가고 싶은 시골에서의 기억들이 첫눈 이야기로 시작하여 한여름의 추억들까지 그리워진다.

2021년 4월 25일,
주문진 베니키아 산과 바다 호텔 리조트

저물어 가는 해와 구름 한 조각 없는 하늘이 수평선과 닿아서 바다인지 하늘인지 선을 그어서 구분해야 될 듯한 풍경을 바라본다. 포말을 일으키며 파도는 규칙적으로 움직인다. 새파란 바다에 하얀 물감으로 덧칠을 한 유화의 느낌이 난다. 존 밴빌의 작품들 중에 유일하게 국내에서 구할 수 있는『바다』를 읽으면서 나는 마음껏 바다를 바라보다가 창문을 열었다. 파도 소리와 소나무밭의 바람 소리가 시원하게 들린다.

자연에서 나오는 소리는 이렇게 좋아하면서 문명이 만들어 내는 소리들을 거부할 수밖에 없는 것은 내 체질 탓이라고 한의사가 일러 주었을 때 눈물이 흘렀던 생각이 난다. 그래 내 탓이 아니야. 시끄러운 주문진항 좌판 어시장에서 사람들이 그러니까, 손님들을 이끌려고 소리치는 상인들의 목소리가 나를 불안하게 했다고. 당신은 두 골목을 다 구경하고 나서 사고 싶어 했지만 나는 복잡하고 여러 사람의 목소리가 섞이는 그 순간을 빨리 피하고 싶었어.

살아 움직이는 도다리 세 마리를 2만 원에 얼른 내 마음대로 흥정하고 4천 원 내고 뼈까지 오도독 씹어 먹게 손질하고 있는 우리의 물고기를, 오늘 저녁 당신과 나의 저녁을 위해, 당신이 기다리는 동안 나는 서더리탕 거리를 7천 원에 샀고 젓갈집에서 낙지젓, 오징어젓을 한 통씩 샀지. 주문진읍 에이스마트에서 초고추장, 복분자 한 병, 청상추, 눈을 감자(나의 최애 스낵), 햇반, 바나나를 사서 이곳으로 왔다. 남편이 며칠 전, 인터파크창에서 여행숙소를 예약하는 걸 지켜보았다.

양양 고속도로를 타고 오다가 설악산을 바로 앞에서 바라보는데, 산의 색깔이 진녹색과 녹색과 연두와 회색빛깔로 그 음영이 살아 있는 한 폭의 수묵화 같아 길옆에 차를 세우고 사진을 찍었다. 동산리항 해변에 내려가서는 쪼그리고 앉아 모래를 만져 보았다. 방앗간에서 금방 찧은 쌀가루처럼 곱고 따뜻했다. 모래성을 쌓을 수 없을 만큼 모래는 물기 없이 4월 햇볕에 알알이 반짝거린다. 29년 전의 기억을 더듬어 보면서 강원도 여행을 떠난 오늘 아침, 자동차의 내부를 말끔하게 청소해 준 남편 덕분에 기분 좋게 출발하였고 날씨는 맑고 온화했다.

숙소에 도착한 건 오후 네 시쯤이었고, 점심으로 회비빔 막국수를 먹은 지 한참 지나서인지, 우리는 도다리를 상추에 싸서 마늘과 같이, 복분자 한 병으로 맛있게 먹었다. 가시가 가끔 걸리려고 했으나 어쨌든 우리는 어린애가 아니었으므로 무사히 먹었다. 복분자는 좀 달았다. 내 취향을 생각해서 남편이 선택한 주류였으니 두 잔을 마셨고, 싱싱한 도 다리 알과 가시에 붙은 생선 살로 끓인 매운탕은, 냉동알로 끓여 내는 9천 원짜리 알탕과는 비교 못 할 만큼 싱싱한 맛이 났다. 고기 살은 쫀득 하였다.

패밀리형을 예약했으나 객실이 여유가 있어 좀 더 큰 평형으로 업그 레이드해 주었고 바로 앞에 소나무 밭 그리고 동해바다가 보이는 이 방 에서 나는 존 밴빌의 『바다』를 읽고 있는 것이다. 2005년 맨부커상을 받은 이 소설은 내 취향에 딱 맞아떨어지는 몽환적인 문체와 내용이라, 어서 읽고 싶어 결혼기념일 여행길에 데려올 수밖에 없었다. 더구나 바 다로 가는 길에 어찌 내가 이 소설을 들고 오지 않겠는가. 호텔방 창문에 이른 저녁노을이 비친다. 나는 밴빌의 『바다』를 창틀에 올려놓았다. 표지의 그림은 내가 바라보는 바다의 모습과 흡사했다. 반세기 전의 추억을 만나고 싶어서 자신의 유년 시절의 장소로 돌아온 주인공은 말한다. "정말이지 기억하려는 노력만 충분히 기울이면 사람은 인생을 거의 다시 살 수도 있을 것 같다." 존 밴빌의 바다, 151쪽에서.

다시 한번 살고 싶지는 않지만 내 지나온 58년의 시간들 중에서 간절히 추억하고 싶은 장소가 떠오른다. 50년 전에 내 고향 대구에서 서울로 올라와서 다녔던 영등포구 신길동에 있는 우신국민학교에 가 보고 싶다. 1971년 국민학교 2학년 때의 내 모습을 그 장소로 옮겨 가서 더듬고 싶어졌다. 지금 강원도 강릉시 주문진읍에 있는 숙박시설에서 나는 불현듯 나의 1촌들을 생각한다. 1촌인 부모는 자식에게 모든 걸 줄 수 있는 경우가 많다. 물론 재벌이나 성향이 냉랭한 부모들은 예외지만.

나는 또 다른 1촌인 우리 딸들을 도와줄 형편이 못 된다. 내가 간절히 바라는 것은 나와 남편이 힘을 모아서 우리의 노후를 살아 낼 수 있는 것이다. 엄마는 아직도 나를 걱정하신다. 우리 큰딸 무니 님도 우리 부부의 노후를 걱정한다. 오늘 결혼기념일을 맞이해서 다짐해 본다. 나의 1촌들에게 걱정거리를 주지 말자고 말이다. 내일은 7번 국도를 따라 드라이브하면서 집으로 올라갈 예정이다. 강원도의 밤은 깊고 또 춥다. 오래된 숙소라서 난방도 시원찮다. 그럼에도 이것으로 행복한 밤이다.

29년째 한집에서 부부로 지내온 그 세월이 마냥 맑고 밝은 날들은 아니었지만 그럼에도 우리는 매일 서로를 위로하며 살아갈 것이다. 잠들었던 남편은 일어나서 TV를 보고 나는 침대에 누워서 책을 읽다가 글을 써 본다. 집에서나 집 밖에서나 우리의 성향은 이렇게도 다르다. 그냥 다른 거다. 내가 신경안정제로 마음을 달래고 그는 담배 한 대로 불안을 달래듯 우리는 모두 다르다. 그래도 함께 사는 것이다. 염려했던 대로 숙소의 베개는 물컹했다.

1박 여행을 하면서 굳이 캐리어를 끌고 온 것은 베개 때문이었다. 결혼하면서 구입했던 메밀껍질로 만든 베개는 20년 이상 나를 지켜 주다가 떠나보냈고, 몇 년 전부터 마약 베개라 부르는 것으로 나는 잠을 청해 왔는데 하루를 새하얗게 밤을 새울까 두려워 베개를 모셔 온 덕분에 서너 시간이라도 잠들 수 있었다. 눈을 떠 보니 5시 32분이었고 창문을 통해 바라본 수평선은 연보랏빛이다.

태양이 떠오르려고 하고 있다. 어젯밤에는 보이지 않던 불을 밝힌 배들이 열 척 정도 잔잔한 바다에 떠 있다. 낚싯배일까, 고기잡이를 업으로 하는 선원들의 작업 배일까. 밤새도록 작업하며 바다와 고기와 때로는 사정없이 불었을 바람과 싸웠을 남자들이 저 평화롭게 보이는 배 안에 있겠지. 어제 어시장에서 보았던 물고기들을 끌어올리려고 많은 수고를 했겠지. 직업으로서의 일들은 경제적 보상이 주어진다는 확신이 있을 때는 그 고단함을 이겨 낼 수 있다지만, 페이 없이 열정을 바쳐야 한다면 과감하게 버려야 하는 것이다.

겉으로 보면 아름답고 평화로워 보이는 타인의 삶도 하나씩 들여다

보면 아픈 사연 들어 있더라. 행복한 사람은 사연이 없다는 프랑스 속담처럼 말이지. 새벽형 인간으로 살게 되면서 주말이나 휴일에도 6시 이전에 일어나고 7시면 아침밥을 먹는다. 정반대의 취향으로 살아가지만 그래도 밥은 같이 먹는다. 밥을 같이 먹는다는 건 그것도 매일 29년 동안 함께 아침을 먹는다는 건 실로 어마어마한 인연이다.

아무튼 밥이다. 베네키아 호텔 방 안으로 아침이 들어온다. 바다는 고요하고 연보랏빛 하늘과 맞닿은 수평선은 어느새 하얀 하늘과 손을 잡고 있다. 창문을 열었다. 소나무에서 연기처럼 송홧가루가 날린다. 새소리가 파도 소리와 화음을 이룬다.

장미촌 다방은 어디로 갔나

동숭로에 학림다방은 아직도 있는데.

1956년부터 문인들의 사랑방이었던 학림다방… 어제저녁에서야 사십 년 만에 들어가 볼 수 있었다.

나무계단을 오르고 다방 안을 들여다본다. 빈자리가 없다. 몇 주 전에도 마음먹고 왔었는데 그날은 토요일이라서 좌석이 없는 거라고 생각했다. 평일에도 클래식 음악을 들으며 고즈넉한 분위기를 즐기는 젊은 친구나 연인들로 카페는 가득 찼다. 오늘은 꼭 들어가리라고 마음먹은 건 아니었는데, 중년의 남자 직원인지 사장인지는 모르겠지만 기다리라고 안내를 한다. 긴 의자에 나 혼자 앉아 있었다. 젊은 사람들뿐이다. 카페 메뉴들도 참 잘 선택하는 젊은 사람들…. 이십 분 정도 지나니까 안쪽으로 앉으라고 한다.

여섯 명은 충분히 앉을 수 있는 좌석이었다. 혼자 온 사람은 나뿐이네. 다행히도 나는 카페나 식당에 혼자 가는 걸 어색해하지 않는다. 특히 카페. 오늘은 심지어 학림다방인데 혼자임이 더 어울리는 장소가 아닌가. 대추차와 생강차 사이에서 5초가량 갈등했지만 내가 가장 좋아하는 전통차를 주문한다. 옆좌석의 연인들은 살짝 엿들은 바로는 사귄지 그리 오래되진 않은 것 같았고 그들은 생강차를 주문했다. LP판으로 들려주는 고전음악이 듣기 좋았다. 처음에는 무슨 협주곡이 흘러나왔고, 이어진 음악 소리는 현장에서 연주하는 듯한 청아한 악기 연주였다. 신선한 음악이 흐르는 학림다방.

신경을 안정시켜 준다는 대추차 한 잔 마시니 하루 종일 쌓였던 피로가 조금은 풀렸다. 냉동실 문쪽의 제일 위 칸에서 몇 년째 울고 있는 대추들이 생각난다. 어제는 학림다방의 묘한 분위기를 즐기느라 내 집에 있는 대추 생각은 못 했다. 꼭 하루가 지난 금요일 저녁 8시가 다가오는 이 시간에 지금 이 글을 쓰는 이 순간에 나는 대추 생각이 난다. 내가 대추를 잊고 지낼 만큼 내 신경이 조금은 안정되고 밤에 잠도 들수 있게 된 거라고 생각한다. 냉동실에 있는 대추에 물을 넉넉히 붓고 전기 레인지에 올려놓는다.

> 대추밤을 돈사야 추석을 차렸다
> 이십 리를 걸어 열 하룻장을 보러 떠나는 새벽
> 막내딸 이쁜이는 대추를 안 준다고
> 울었다
> - 노천명, 「장날」

  사십 년 전 대학 1학년 때 첫 미팅을 했던 명륜동 성대 입구의 장미촌 다방을 내 친구 M도 기억하고 있었다. 어디로 갔냐고 장미촌 다방의 안부를 태연하게 물어보는 친구. 확실한 건 모르겠고 그 자리에 CU 편의점 아니면 알라딘 중고서점이 들어선 거 같다고 내가 말했다. 그 미팅에서 만나 결혼하고 지금까지 잘 살고 있는 Grace Cho. 일주일에 한두 번 혜화역에서 내려 명륜동까지 걸어가며 지금은 그 흔적을 도저히 찾을 수 없는 여러 곳의 장미촌 다방을 그리워한다. 정일품 경양식

집도 기억나고….

이 글을 쓰면서 잠시 혼돈이 온다. 1982년도의 장미촌 다방이 경영학과 남학생 열 명이랑 우리 중문과 그리고 불문과 여학생들과 미팅을했던, 나의 파트너는 키가 좀 컸고 상당히 말랐던 것으로 기억하는 그장미촌 다방이 창경궁로 235번지 스타벅스 성대입구점 맞은편에 있었는지 말이다. 분명히 첫 미팅은 그곳에 있던 장미촌 다방에서 했다. 그런데 나는 장미촌 다방의 위치가 헷갈리기 시작한다.

우리 학교 영문과에 다니던 J 오빠에게 영문학개론인지 영시 해설집인지 엄청 두껍고 무겁고 비쌌던 책을 빌리기 위해 오빠를 만났던 그다방도 장미촌 다방인 것 같은데 위치가 다르게 기억되네…. 내 머릿속에는 또 하나의 장미촌 다방이 생기고 있다. 스무 살… 스물두 살쯤 된내 모습이 보인다. 내가 성균관대학교와 인연을 맺게 된 것은 이렇다.고등학교 1학년 때 아버지가 돌아가시고 엄마는 서울시 영등포구(지금은 금천구) 시흥대로 코카콜라 건너편에서 버스토큰과 회수권, 주택복권, 스포츠서울, 롯데 이브 껌 등을 팔며 생계를 꾸리셨다.

고등학교 2학년이 되자 엄마는 내 손을 잡으며 말했다. 야간대학을가면 좋겠다고. 세화여고에 입학하여 친구 Cho와 함께 학교 시험 기간이 끝나면 명륜동으로 놀러왔다. 지금은 사라진 돌로 지어 분위기 있던문과대 옛 건물을 바라보곤 했다. 다행히도 이 학교에는 야간 대학부가있었다. 생각하면 우리 엄마 참 대단한 사람이다. 남동생이 둘이 있는데도 내가 원하니까 인문계 고등학교를 보냈고 영어 과외도 시켜 주었고 야간대학이라도 공부하라고 하셨다.

낮에는 그러니까 매일 오후 4시까지 나는, 스무 살의 나는 토큰을 팔았다. 회수권도 팔았다. 버스토큰은 두 가지였다. 구리색깔은 성인용, 은색깔은 학생용이었다. 그러다가 한때는 종이로 만들어진 회수권이 학생 버스표가 되기도 했다. 엄마 몰래 회수권을 친구들에게 몇 번 팔아먹기도 했는데 꽤나 쏠쏠했다. 효성물산 수입부에 다녔던 언니가 매월 21일이 되면 고맙게도 용돈을 주었다.

언니의 세 동생은 기껏해야 이십 대 초반이었던 그들의 맏이에게 월급날이 다가오면 각자 먹고 싶은 간식을 주문했다. 내가 언니한테 무엇을 사 오라고 한 건 기억이 나지 않고 남동생들은 숯불 바비큐 치킨과 잘 이해가 가진 않지만 막냇동생은 신고배를 사 오라고 한 적이 있었다.

오전 11시부터 오후 4시까지 스무 살의 내가 버스토큰을 열 개씩 세어서 판매부스 안쪽에 가지런히 놓고 동아일보와 선데이 서울을 팔고 있었을 때.

내 친구 M은 경기도 의정부시 삼진인쇄소에서(2023년까지 존재했던) 벽면에 가지런히 놓여 있는 글자 판들 속에서 필요한 글자를 열심히 찾다가 5시 40분 전후로 학교 안으로 들어오고 대성전 앞을 함께 걷고 있는 서로를 발견하곤 했다. 11월 중순 이른 저녁의 대성전 앞 은행나무는 샛노란 길을 만들었다. 비가 오면 미끄러웠다. 수업에 늦지 않으려고 빨리 걷다가 넘어지던 날도 있었다. 그때는 몰랐다. 그 시절이 얼마나 이뻤는지.

밤 10시쯤 수업이 끝나면 M과 나는 집으로 가는 길에 오방떡을 사 먹곤 했다. 계란을 충분히 넣은 밀가루 반죽에 앙금 팥을 아낌없이 넣어 주시던 오방떡 아저씨는 어디 계실까. 지금도 가끔 먹고 싶은 서울시 종로구 명륜동3가 성대입구 오른쪽 골목(학교가 있는 쪽)에서 늦은 밤 우리들의 주린 배를 달래 주시던 오방떡 사장님 감사했습니다.

기억 속에서 나는 조금 말랐고 늘 뭔가 골똘히 생각했으며 낮에는 엄마 가게에서 일을 하고 저녁에는 수업을 들었다. 지금도 생각나는 정범진 교수의 중문학개론 수업. 백발의 교수는 절도 있게 수업을 했다. 동동주를 마시러 간 동굴 주막 석굴암은 혜화역 가는 어느 골목에 있었던 것 같고 처음 맛본 그날의 동동주는 달짝하니 맛있었고 나는 친구 셋이랑 함께 산울림의 청춘을 불렀다. 청춘을 부르면서 걸어가던 그 골목에서 이렇게 오랜 세월이 흐른 후에 프랜차이즈 카페에 앉아 있다. 젊은 대학생들 사이에 노인들이 한 테이블을 차지하여 차를 마시는 게 보인다.

캐모마일 차의 티백을 열다섯 번 정도 휘젓는다. 앞 테이블의 남자 둘, 여자 둘로 한 팀을 이룬 그들의 소란한 수다들은 여간 신경 쓰이는 게 아니다. 사람은 말도 못 할 정도로 간사한 것임을 불현듯 깨닫게 된다. 혼자 카페에 오면 주위의 대화가 소음이 되는 것을 불평한다. 내가 동행한 사람과 즐겁게 나누는 대화가 주위 사람에게 얼마나 큰 소음을 일으키는지 생각 못 하면서 말이다.

어쩌자고 세월이 이리 흘렀을까.

나는 이루어 놓은 게 없는데, 하고 싶은 일도 잘 못하고 지금까지 60년을 살면서 외국에 한 번 나가 본 적도 없이 살았는데 어쩌자고 세월이 이리 흘렀는가 말이다!

장미촌 다방은 끝내 찾지 못했다.

명륜동 거리에서 그 시절 장미촌 다방을 연상하는 기운은 남아 있지 않아서 서운하지만, 내 젊은 시절의 기억들을 추억할 수 있다.

오래전에 사라진 혜화동 로터리 고가도로 아래의 전주비빔밥을 팔던 식당이 생각난다. 야간 수업을 마치고 몹시도 배가 고팠던 어느 날 9시 반이 넘어서도 나에게 비빔밥 한 그릇 정성스레 만들어 주시던 주방 아주머님. 독산동까지 한 시간 반이 걸렸던 그 시간을 도저히 견딜 자신이 없어서 찾아간 그 밤에 계절은 생각나지 않고 소고기와 계란지단, 고사리, 도라지, 무우생채와 시금치를 가지런히 놓고 김 가루를 뿌리고 밥 한가운데 달걀 후라이를 올려 주시던 그날 밤의 비빔밥이 가끔 생각난다.

내 기억 속의 장미촌 다방은 이 거리 곳곳에 있다.

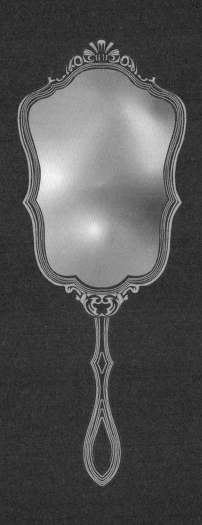

서로 사랑하지 않으면 멸망하리

히비스커스 꽃 화분을 하나 사 와야겠다. 작지만 단아한 꽃, 히비스커스는 모리가 이 세상을 떠나는 날까지 모리 곁에서 지켜 준 꽃이니까. 열네 번의 화요일마다 스승 모리를 만나기 위해 1,100km를 날아가는 미치가 죽음의 순간까지도 진정한 스승이기를 원했던 모리와의 대담을 나눈『모리와 함께한 화요일』. 죽음이란 인간에게 삶 못지않게 소중한 과정임을 스승 모리와 제자 미치와의 대화를 통해 나는 절실히 깨닫게 된다.

누군가의 죽음을 아니 이 세상과의 이별 과정을, 나의 사랑으로 지켜봐 주고 함께한다는 건 어쩌면 이 세상에서 가장 숭고한 일이 아닐까 한다. 모리의 죽음의 과정은 결코 단순한 세상과의 이별이 아니었다. 그는 제자 미치에게 자신의 묘비에 쓰고 싶은 말을 결정했다고 한다. "마지막까지 스승이었던 이."

그랬다. 모리는 의식이 있는 그 순간까지 미치에게 삶과 죽음, 인생에 대한 강의를 한다. 최선을 다해, 사랑을 담아서 혈육이 아닌, 16년 만에 찾아온 제자를 마치 어제까지 자신의 강의를 들어 왔던 학생을 대하듯이 미치를 통해 세상 사람들에게 죽음과 삶, 사랑과 책임감, 영혼에 대해, 안식과 관련된 것들에 대해서.

그리고 그가 가장 소중하게 여긴 동정심에 대해서도 우리의 스승 모리는 열심히 강의를 했다. 매번 화요일이었다. 그의 장례식도 화요일이었다. 미치가 대학 다닐 때에는 수업이 없고 가장 한가한 요일이었던 화요일에 스승과 제자는 대담을 나누며 삶을 논의했는데, 루게릭병에 걸린

노은사 모리와 미치가 만나서 열네 번의 대담을 나눈 것도 화요일이다.

이 책을 읽으면서 마음에 새기며 살아야 할 수많은 명언을 모리의 입에서 아니 그의 영혼에서 흘러 흘러 세상 사람들에게 전해진 소중한 문장들을 나는 잊지 못할 것이다. "미치, 어떻게 죽어야 할지 배우게 되면, 어떻게 살아야 할지도 배울 수 있다네." 잘 사는 것 못지않게 중요한 것은 잘 죽는 것이라고 나는 자주 생각해 왔다. 죽는다는 것은 삶의 연속이라고, 우리의 삶의 순간순간은 알고 보면 죽음이라는 대상을 향해 한 걸음 한 걸음 다가가는 과정이라고 생각한 것이다. 어찌 보면 내가 비관주의자일지도 모른다. 굳이 죽음에 대해서 그리 자주 인식하며 살아야 할 이유가 있을까.

그러나 이 책의 첫 부분에 실렸듯이 교과서가 필요 없는 모리가 미치에게 정열을 쏟은 인생강의의 커리큘럼을 다시 한번 짚어 본다. "사랑, 일, 공동체 사회, 가족, 나이 든다는 것, 용서, 후회, 감정, 결혼, 죽음"의 주제가 이 책에서 언급되었음을 기억한다. 내가 58년 동안 살면서 이 열 가지 주제 중에서 겪지 않은 것은 죽음이다. 내 삶의 나머지 시간을 나는 타인의 죽음을 지켜보면서 그들의 마지막을 기꺼이 함께 할 것이다.

타인을 향한 사랑과 진심이 깃든 관심이야말로 인간이 지닐 수 있는 최고의 덕목이라고 생각하게 되었다. 얼마 전에 『죽은 자의 집 청소』라는 책을 읽었다. 고독사를 한 사람들의 유품과 그들이 아무도 모르게 죽어 간 곳에, 얼마간의 시간이 흘러 버린, 악취와 오물로 가득 찬 공간을 치우는 직업을 지닌 사람들의 이야기였다.

내가 해야 하는 일은 죽은 자를 보살피는 게 아니라, 죽어 가는 사람들을 사랑하는 것, 외롭게 혼자 죽음을 맞지 않도록 하는 것, 욕심을 더 낸다면 모리가 원했듯이 살아 있는 장례식을 할 수 있도록 도와주는 것이다. 죽음 이후의 장례식도 물론 가족에게는 중요한 의식이고 마음의 위안으로서 자리 잡겠지만, 이 책을 읽으면서 나는 '살아 있는 장례식'을 생각해 본다. 죽음 이후의 장례식은 망자에겐 아무 소용이 없지 않겠는가.

우리의 영혼 스승이신 모리는 여덟 살 때 어머니의 죽음을 맞이했다. 병들기 전의 그의 어머니는 사탕가게를 하느라고 모리에게 사랑을 주지 못했고, 병이 깊어진 어머니는 자신의 질병과의 싸움 때문에 모리 형제에게 애정을 줄 수 없었다. 모리의 아버지는 청년 시절의 그에게 차가운 시신으로 나타났으므로 모리의 영혼은 죽음이란 말할 수 없이 슬픈 것으로 인식되어 왔고 그것을 이겨 내기 위해 역설적으로 죽음을 받아들이며 마지막 순간까지 가까운 사람을 사랑하면서 떠난 것이다.

나는 이 책을 읽으면서 소중한 것을 얻었다. 살아 있는 동안 내 앞에 존재하는 사람에게 최선을 다하는 것, 모리가 가르쳐 주었듯이 지금 이 순간 이 세상에는 오직 내 앞에 있는 당신만이 존재하는 것처럼 상대방에게 집중한다는 것, 이 구절을 읽으면서 나는 반성하고 후회하였다.

나와의 대화를 원하는 사람 앞에서 겉으로는 그의 이야기를 들으면서 마음은 딴 곳에 머무른 적이 아주 많았을 것이므로. 세상 근심 혼자다 짊어지고 살아가야 할 날들이 내 앞에 놓여 있다 해도, 세상에는 나보다 어려운 사람, 마음이 더 아픈 사람이 더러 있을 것인데 나만이 가장 어렵다고 힘들다고 혹은 가장 아프다고 울부짖었던 것이다.

내가 살아가야 할 이유에 대해서 되돌아본다. 어차피 죽을 인생인데 왜 태어나서 이 고생스러운 삶을 이어 가야 하는지 나는 수없이 원망해 왔다. 장거리 출근길도, 만만치 않은 직장에서의 일거리도, 인간관계에서의 실망감도 모두 내 삶을 갉아먹고 나를 지치게 하는 것들이었음을 인정한다. 그런데 지난주에 나는 내가 더 열심히 살아가야 하고 행복해야 하는 이유를 알았다.

떨어져 사는 우리 딸아이들 집의 주방에 있는 작은 냉장고에서 메모지를 발견한 것이다. 숫자가 1에서 9까지 적혀 있었고, 그 각각의 번호에는 내가 만들어 준 먹을 것들이 쓰여 있었다. 엄마가 먹으라고 한 순서대로 적어 놓았다고 했다. 다 먹은 것에는 체크 표시를 해 놓았다. 가족, 핏줄이란 얼마나 깊은 인연으로 우리 앞에 놓여진 선물인가.

스승의 가르침을 진심으로 받아들인 미치는 7년 동안 연애해 온 여인과 결혼을 하고, 스승 모리 앞에서 그녀는 모리가 좋아할 만한 노래를 부른다. 사람과 사람의 관계는 이처럼 소중한 것이다. 하물며 나 자신이 나에게 건네는 손길은 얼마나 귀한 것인가. 타인을 사랑하는 일의 시작은 나를 진정 사랑해 주는 것이다. 모리의 수많은 명언 중에서 나는 "서로 사랑하지 않으면 멸망하리"를 내 가슴속에 지니며 나의 남은 삶을 살아가리라.

불안,
이제는 헤어지고 싶은 동반자

어지럽다. 심장이 기분 나쁘게 두근대고 절벽 위에 서 있는 느낌도 난다. 식은땀이 나며 뒤로 넘어질 것 같은 이 느낌은 어느 순간 예고도 없이 찾아오는 불청객이다. 마음이 편안하기를 바란 적은 없다. 어느 하루쯤은 불안이 없이 그저 아무 식당에서나 밥을 먹을 수 있고 마음 편히 하루 종일 책을 읽기만 했으면 좋겠다. 방금 아무 소리도 들리지 않은 고요함을 즐기는 것에 조금 지쳤다. TV를 켜 본다.

여군들 이야기, 상관에게 성폭행당하고 고통스러워하는 장면이 나온다. 갈등의 순간이 지나고 용기 있게 대처해 나가는 모습에 안도를 한다. 대사 중간에 소령인 선배 여군이 후배에게 하는 말이 내 불안을 들썩이게 한다. 가정형편이 어려워 엄마의 병원비를 내야 하는 현실이 버거워서 군복을 벗을 수 없다고 군인도 돈을 벌어다 주는 직업이라고 하면서 후배가 성폭행 당한 것을 공론화시키는 것에 도움을 못 주겠다고 한다.

가정형편, 가난이라는 단어를 듣는데 큰딸아이가 생각난다. 부모가 제대로 못 살아서 괴롭다는 내 아이의 심정을 이렇게 되뇌고 만다. 자낙스 한 알을 삼킨다. 10년 가까운 세월 동안 먹어 온 항불안제를 지난 4월부터 일곱 달 정도 단약을 했었다. 기적이라고 부르고 싶은 그 시간 나는 꿈같은 세월을 잠시 살았다.

신경안정제와 수면제 없이도 살아갈 수 있었던 세월은 나도 보통 사람처럼 살 수 있겠거니 희망을 품을 수 있게 해 주었다. 우리 아이가 당한 사고는 아니라 해도 2022년 10월 29일 밤 10시가 좀 넘은 시간 서울의 한복판에서 발생한 사고로 우리 국민은 8년 전 바다에서의 슬픔에 이어 또 많이 아프다. 사고가 발생한 것을 알았을 때는 우리 아이만 아니면 된다고 생각했다. 아니 너무 감사한 마음이 들었다. 작은아이가 평소에 가끔씩 놀러 다닌 동네라는 것도 알고 할로윈 주간에 맞춰 쿠팡에서 할로윈 물품들을 주문한 것도 알고 있었기에 놀란 마음이 컸다.

엄마, 내가 평소엔 가는 곳이지만, 이번에는 안 갔지. 정말 이리 큰일이 나서 슬프다고 아이는 말했다. 이틀이 지났나 보다. 지하철을 타고 왕십리역으로 가는데 숨이 턱하고 막히며 호흡이 잘되지 않더니 또 어지럽기 시작했다. 가방 안에 있는 지퍼백을 열고 자낙스 0.25mg 한 알 삼킨다. 죽지 않을 병인 걸 알지만 일곱 달 만에 다시 항정신성 의약품을 삼키고 만다. 나의 주치의 키다리 정신건강의학과 선생님께 이런 편지글을 써 본 적이 있다. 단약을 시도하고 성공했을 때의 감동이 나타나 있다.

죽는 날까지 신경안정제를 먹어야 되는 줄 알았습니다. 오렌지맛 비타민처럼 맛있게 생긴 노란색의 팍실을 매일 아침마다 먹었습니다. 골다공증을 위해 먹는 칼슘을 먹듯이 수면유도제를 밤마다 꿀꺽 삼키곤 하였습니다. 사람들은 정신과 약이 안 좋다 하면서 지나가는 말로 끊어야 한다고 한마디씩 던지곤 했지요.

선생님을 처음 만나던 6년 전 늦은 가을날이 어제처럼 생생하게 떠오릅니다. 심장병으로 고생하면서도 직업이라 정해진 시간에 안양으로 수업을 하러 가던 날, 가슴 통증이 심해져 버스정류장에서 버스를 기다리다 말고 병원 문을 밀고 들어갔지요. 50년 하고도 몇 년을 더 살았던 내가, 수많은 의사들의 진료를 받았던 내가 그날 이다원 키다리 정신건강의학과 선생님을 처음 만나고 느낀 것은 정신병 환자가 아니라 귀한 인격체로 대접받고 있다는 것이었습니다.

제가 노크를 하고 진료실로 들어갔을 때, 나는 알았습니다. 왜 병원 이름이 키다리 정신건강의학과인 줄을 말입니다. 앉은키만을 가늠할 수 있었던 그 많은 의사들. 환자들에게 때로는 권위의식을 나타내는 의사들과는 다른 모습으로 선생님은 내가 들어가는 순간보다 몇 초 먼저 일어나신 듯 따뜻한 미소를 머금고 맞이해 주셨습니다. 처음 진료라서 일어나 주신 거라고 생각했는데 2주일 후 두 번째 진료에서도 그다음에도 3년 9개월 동안 늘 일어나서 저를 맞이해 주셨습니다.

다른 환자들은 어땠는지 몰라도 저는, 선생님보다 이십 년쯤 더 살아온 저는 감동했거든요. 수술을 할 만큼 심각한 질병을 진단받았을 때도, 제왕절개로 아이 둘을 세상에 꺼낼 때도, 10년 이상 고혈압 약을 처방받을 때도 그 어떤 의사도 선생님처럼 일어나서 환자를 맞이한 적은 없었지요. 심지어 한순간도 제 눈을 마주치지 않고 진료를 서둘러 마친 의사도 있었습니다.

선생님 덕분에 체계적으로 약을 조절하고 줄이고 마침내 단약을 하게 되었습니다.

이제 4개월 되었네요. 약을 먹지 않고 전철도 타고 횡단보도를 건널 수 있게 되다니 꿈을 꾸는 것만 같습니다. 보통의 사람에게는 그저 일상적인 평범한 일이 그러니까 시끄러운 식당에서 밥을 먹는 것이 저에게는 꿈같은 일이었는데요. 항불안제를 먹지 않고도 식당에서 남들처럼 밥을 먹습니다.

상담할 때 선생님께서 말씀을 하셨죠. 신앙생활도 취미도 많은 도움이 된다고요. 오직 약물만이 최선의 치료제는 아니라고요. 그랬습니다. 뒤늦게 다시 찾은 신앙의 힘이, 음악이라는 인간이 만들어 놓은 최고의 선물들 중의 하나인 노래가 내 마음에 평안함을 주었습니다. 항정신성 의약품을 먹지 않고도 살아갈 수 있는 거. 제가 멀쩡하게 숨을 쉬는 것이 신기하고 기쁩니다!

선생님.

선생님을 찾아뵙고 감사의 인사를 드리겠습니다. 편안함에 이르렀냐고 드라마 「나의 아저씨」에서 박동훈 부장이 마지막 회에 지안에게 건네는 대사가 생각나는 저녁입니다. 네, 저도 이제 편안함에 이르렀습니다. 주인공 '이지안'처럼 말입니다.

2023년 1월 19일 오전 9시 45분, 4호선 충무로역으로 가는 전동차 안에서 글을 써 본다. 무사히 갈 수 있겠지. 그럼 갈 수 있고말고. 집에서 덕계역까지 남편이 데려다준 덕분에 8시 59분 차를 탔는데 타고 보니 광운대역까지 가는 전동차였다. 어차피 충무로역에 내려야 하므로 상관이 없어 창동역에서 내렸다.

오이도 방향으로 가는 4호선에서 자리가 없어 서 있다가 수유역에서 앉을 수 있었다. 기립성 저혈압으로 정의 내릴 수 있는 나의 질병들 중의 하나는 일상생활에 지장이 많다. 목 디스크 진단을 받은 병원 침상에서 누워 있다가 주사 치료받으러 오라는 간호사의 말이 떨어지기 무섭게 침대에서 몸을 일으키다가 황당한 어지럼증에 내가 얼마나 두려웠던가.

이틀 전 오전의 일이었다. 절친과의 점심 약속을 포기하고 병원으로 달려온 남편의 손을 잡고 휠체어를 타고 뇌 사진을 무사히 찍었다. 이제 겨우 60의 나이인데 나는 참으로 많이 아팠다. 육신과 정신이 어찌 그리 끊임없이 아팠을까.

충무로역 4번 출구에는 내가 찾던 카페가 보이지 않아서 익숙한 8번 출구로 나오려는데 충무로역 직원은 용납하지 않는다. 출구를 잘못 나온 거라고 부탁을 했으나 원칙주의에 사로잡힌 역무원이 내 사정을 알아줄 리 없었다. 그나마 7번 출구로 나가라는 안내를 해 줘서 우연인지 인연인지 7번 출구 바로 건너편 그러니까 3번 출구 앞에 할리스 커피집이 눈에 확 들어온다.

디카페인 아메리카노를 한 잔 주문하고 또 글을 써 본다. 불안한 마음을 어쩌지 못하고 기립성 저혈압에 좋지 않은 영향을 주는 걸 알면서도 비상약을 한 알 삼킨다. 목요일마다 나는 직장동료 지원 씨를 만나러 경기 북부 양주시에서 중구 충무로역까지 온다. 이 약속이 없다면 나는 집을 나설 수 있는 용기를 영영 갖지 못하고 집 안에서만 지낼 수도 있다. 세상에 태어났고 두 다리가 다행히 멀쩡한데 두려움에 갇혀 바깥세상을 포기할 수는 없다.

'직면하다'라는 뜻을 가진 confront, 이 단어를 좋아하게 된 것도 어떤 곤란한 상황이 와도 맞서고 싶어서임을 나는 안다. 신앙의 힘을 의지하고 음악의 힘을 빌려서라도 나는 극복하겠다고 마음먹는다. 안정되지 못한 경제사정이야 거의 한평생 이어온 환경이고 갖가지 질병을 늘 함께 지니고 살아왔다. 1963년 1월 30일 내가 태어난 이후 꼭 60년이 되는 올해 그리고 이번 1월에 나는 제발 새롭게 태어나고 싶어졌다. 주위 사람들에게 근심을 끼치지 않고 도움이 될 만한 사람으로 살고 싶다. 시간이 얼마 남지 않았음을 실감한다.

이 세상 살다가 이제 제대로 작별 인사 준비를 하려고 한다. 얼마간의 시간이 필요한 줄은 모르지만 그 첫 번째 준비로 나는 사소하고 찌질하고 별 대단할 것도 없지만 지금까지 견디어 낸 나의 삶에 대한 이야기를 쓰고 싶다. 백색의 알약 한 알의 효능은 가히 감탄할 만하다. 살짝 졸음이 올 듯 말 듯한 아련함이 불안감을 조금 눌러 주고 핑핑 도는 어지럼증도 차츰 사라진다.

충무로역 3번 출구에서 나와 지원 씨는 동국대학교 쪽으로 가는 길에서 점심을 먹을 것이다. 나와 나의 섬세한 마음을 헤아려 주는 지원 씨와 우리 두 사람의 최애 템을 먹는다. 낙지 두 마리 새우 두 마리가 포함된 어바웃 샤브의 해물 모듬 샤브의 해산물은 풍성했고 야채 또한 신선하였다. 을지로4가역 10번 출구에 있는 우리들의 아지트 스타벅스에서 지원 씨는 뜨거운 아메리카노를 나는 유자 민트티를 마시며 우리는 일주일간의 살아온 이야기를 나눈다.

　나보다 세 살 적은 아우님이지만 인생의 선배다운 면모를 여러 곳에서 발견할 수 있는 지원 씨와의 만남은 이 현실에서 빼놓을 수 없는 나의 소중한 일상이며 기쁨이다. 사회생활을 하며 만났던 수많은 사람들 중에서 아마도 지원 씨는 내 삶의 마지막 순간에서도 서로의 안녕을 물어봐 줄 유일한 사람일지도 모른다.

　2호선 전철 안에서 우리는 나란히 퇴근길에 합류하고 시청역에서 나는 북부를 향하고 지원 씨는 남부 쪽으로 서로 갈라서 각자의 집으로 돌아간다. 설날 연휴가 지나고 세세한 사연들을 품고 다시 만날 날을 기다린다. 잠시 불안은 저 멀찌감치 던져 놓는다. 언제 또 돌아올지 모르는 이 불청객을 언제쯤 무심하게 맞이할 수 있을까.

양주 덕계 우편취급국에서

경기 북부 양주시 덕계 우편취급국에서 일주일에 두어 번 나는 아이스박스를 들고 소포를 보내기 위해 줄을 선다. 뭐가 들었냐고 한 달 이상을 물어보던 우체국 직원은 이제 그 내용물이 무엇인지 안다. 또 한 달이 더 지난다면 내 이름을 알아줄 것 같기도 하다.

먹고사는 문제는 생각보다 만만치가 않았다.

중고등학교 시절에 혹은 대학 다닐 때에는 생각지도 못한 일들이 이렇게 많은 세월이 흐른 뒤 나의 생업이 되었다.

과외 금지 조치가 시행되던 제5공화국 시절에 나는 이대 정치외교학과 3학년이던 성희 언니에게 영어 수업을 받았고 그 몇 년 뒤 이십 대 초반부터 내가 과외선생이 되어 열심히 학생들을 가르치며 돈을 벌었다. 일을 시작하기도 전에 엄마들은 나에게 수업료를 내밀었다.

그 마약 같은 존재, 선불로 받은 돈들은 내 삶을 지배했고 나는 그 유혹에서 벗어나지 못했으며 직장을 몇 번 구하려고 나름 노력하다가 포기해 버렸다. "개성과 능력의 새 인재, 동아가 찾습니다." 채용 카피로서의 문장이 마음에 와닿아서 자신이 없었지만 동아일보 기자 시험에 도전해 보기도 했고 10여 명 뽑는 스포츠 서울 기자 시험에 3천 명이 넘는 응시자들의 행렬에 함께하기도 했다.

7급 공무원 시험 준비를 하느라고 영등포의 제일고시학원에서 미시경제학 행정법 등 나의 전공과는 상관없는 공부도 나름 열심히 했으나 7급은커녕 9급 국가직 시험에도 낙방을 하게 된다. 두 번의 도전도 하지 않고 나는 학력고사, 연합고사, 학교내신 등의 성적을 올려 주어야 하는 과외 교사로 2030 시절을 보내고 40대와 50대 중반까지도 그러니까 내 젊은 날들은 내 이름의 이니셜대로 나는 SOS 선생님이 되었던 것이다.

영어라는 과목은 우리나라 중고등학생에게는 넘어야 하는 산이었고 나는 그 산을 넘는 아이들의 손을 잡아 주고 있었다. 학력고사에서 수학능력시험으로 넘어오고 성문종합영어를 떠나 EBS 실전교재로 시대의 변화 앞에 나의 강의 방식도 바뀌고 있었다. 주말에도 더 바쁘게 일을 했지만 어찌 된 일인지 생활은 점점 어려워졌고 몸도 마음도 건강하지 못한 날들이 이어졌다. 하루에 열 명의 학생들을 지도해야 하는 날들이 계속되었다.

점심으로 1,500원짜리 김밥을 먹고 저녁 8시쯤 마지막 학생 집에 들어서던 어느 여름날, 나는 한마디도 입 밖으로 낼 수가 없었는데 겨우 말한 것은 죄송하지만 수업을 못 하겠다는 것 그 의사만은 분명히 전달하고 그 집을 나왔다. 극도의 피로와 불안과 배고픔으로 발작이 일어난 것이다. 내 나이 오십이 좀 안 되었을 때의 일이었다. 응급실에서 혈액검사, 심전도검사, 뇌CT검사를 했으나 이상은 없었다. 그날 이후 오랜 세월을 나는 신경안정제로 위안받으며 살게 된다.

일을 그만둘 수 있는 상황이 아니었다. 오후 내내 수업하고 집 방향으로 향한 나는 집으로 들어가서 늦은 저녁을 먹고 싶었다. 내가 좋아하던 드라마를 첫 장면부터 보고 싶었다. 그러나 마지막 수업을 그것도 2시간의 영어수업을 하기 위해 우리 아파트 단지 내의 학생 집으로 내

발걸음을 옮겨야 했다.

밤 10시가 넘어서야 집으로 돌아갈 수 있는 날들이 불안하게 이어지고 견디지 못한 내가 병원 신세를 지고. 산다는 것은 위대한 고행을 하루하루 마치는 것 같았다. 내 인내심이 어디까지일까…. 목이 아프게 수업을 하고 밤늦게 우리 작은아이에게 동화책을 읽어 주던 젊은 엄마였을 때는 잘 살 수 있다는 희망이 있었다. 부자는 아니지만 이렇게 경제적으로 불안한 날들이 이어질 줄은 몰랐다.

파주 장단콩으로 청국장을 발효시키는 노동을 하고 마케팅을 하고 생산과 유통을 우리 부부는 서툴게 해내고 있다. 아직은 미흡하고 너무도 소소한 사업체이지만 작은 딸아이의 말대로 청국장 사업을 시작한 건 잘한 거였다. 우체국 직원은 이제 내가 아이스박스에 청국장을 담아 오는 것과 내 이름까지도 알게 된다. 새롭게 시작한 사업을 나의 체력이 허락하는 날까지 하려고 한다.

60번째 생일을 엿새 앞둔 내가 새벽에 잠이 깨어 글을 쓴다. 인생을 100세로 치면 내 시계는 오후 2시. 90세까지 산다면 꼭 삼분의 일이 남아 있다. 우리 엄마는 80세까지 새벽부터 일을 나가 한밤중에 들어오셨다. 나는 그것이 안쓰럽고 마음이 편치가 않았다. 지금의 내 나이보다 열다섯 살이나 어렸던 엄마는 남편을 잃고 네 명의 자식을 지켜야 했다. 세월이 어쩌면 이리도 많이 흘렀을까.

여든아홉 살이 되신 엄마는 예순네 살이 된 큰딸의 아기가 되었다. 1960년대에 성모유치원을 다녔던 엄마의 큰딸은 2023년의 오늘 설날 연휴 마지막 날 엄마를 유치원(꿈에그린 주간노인보호센터) 봉고차에 태워 보내 드릴 수 있다. 직장 다니는 엄마의 큰딸이 쉬는 날이기에 오후 다섯 시에 집으로 돌아오실 때 맞이해 드릴 수도 있겠다. 그 옛날 일곱 살의 딸아이를 성모 유치원에 보냈던 젊은 엄마는 아이가 되어 유치원 가는 봉고차를 탄다. 하원할 때쯤 엄마의 큰딸, 아니 엄마의 젊은 엄마에게로 문자가 온다.

"어르신 집에 모셔 드렸습니다."

여든 살까지 생업의 현장에서 일하신 우리 엄마를 뵈면서 나도 열심히 경제활동을 하고 싶어진다. 나이 들어가면서 육체를 움직이며 일하고 싶다.

사람을 만나고, 그 사람들이 맛있게 먹을 수 있는 건강식품을 만들어 내는 일을 한다. 그것도 한 끼의 식사를 도울 수 있는 청국장을 발효시키고 포장하고 발송하는 것 그리고 우리 식구를 위해 청국장찌개를 끓여 내는 것, 곡식으로 만난 한 알 한 알의 콩들이 사흘 만에 맛있는 찌개가 되어 사랑하는 사람들의 배 속을 채워 주는 일, 내가 해야 할 일이다. 육체를 움직이는 신성한 일이다.

엄마와 참외

2021년 5월 16일 일요일 아침, 내 방 침대에서 쓴다.

어제부터 비가 온다. 5층은 창밖 풍경을 바라보기도 좋고, 베란다에서 아파트 주차장으로 고개를 내밀어도 어지럽지 않은 적당한 높이라서 또 좋다. 1층과 5층 두 군데의 집이 비어 있고, 5층이 임대료가 더 비싸다고 부동산 남자가 말했을 때, 나는 5층을 임대하겠다고 망설이지 않고 말했다.

마음 놓고 빗소리를 감상할 수 있게 된 건 아직 일곱 해가 채 되지 않는다. 내가 가장 좋아하는, 어쩌면 유일하게 좋아하는 소리는 새벽의 빗소리일 거야. 그 좋아하는 소리를 들으면서 고즈넉한 즐거움을 느끼는 것은 고사하고 빗소리가 내 가슴에 바늘을 찔러대듯 아파온 것은 엄마 때문이야.

지금 생각하면 너무 일찍 혼자된 우리 엄마가 새벽마다 백팩을 메고 일터로 나가는 모습 때문에, 비가 오는 날이면 비를 맞으며 가게 문을 열어야 하는 그 모습이 눈앞에 그려져서 나는 내가 그토록 좋아하는 빗소리도 즐기지 못했잖아. 오늘 하루 종일 비가 올 것 같다며, 당신 비 오는 소리 듣는 거 좋아하지라며 날씨 이야기를 좀체로 하지 않는 무감각한 남편까지도 알 정도이니 말이다.

엄마, 이게 내 잘못에 대한 형벌이지.

엄마한테 전화를 할 수 없는 것. 그저 엄마가 나한테 가끔 그러니까 일주일이나 열흘에 한 번 전화하면 받을 수 있는 것만으로도 다행이라고 생각하며 살아야 할 세월이 앞으로 얼마간 지속되겠지. 맞아, 나도 알고 있어. 그래도 나는 살아 낼 거야.

어제는 우리 딸이랑 카페에서 애플망고 빙수를 먹었어. 바닐라 아이스크림이라고 생각한 토핑이 요거트 아이스크림이라며 딸애는 막 좋아했어. 소프트콘의 두 바퀴 얹어 주는 그 맛이랑은 두어 단계 업그레이드된 새콤한 요거트 아이스크림은 나와 우리 딸의 입맛을 살려 주었고 슬라이스로 된 애플망고와 눈꽃빙수를 번갈아 먹으니 시큼함과 시원한 맛이 또 괜찮지 뭐야. 애플망고 두어 조각 남았을 때, 얼어 있던 그냥 망고의 한 덩어리를, 물론 이쁘게 칼집이 나 있었지만, 딸애는 한 조각 떼어 먹더니, 엄마 진짜 맛있다 하며 감탄했어.

빙수 한 그릇을 우리 모녀에게 선물한 사람이 궁금하다고 나는 아이에게 물었어. 무역회사에 3월에 취업한 고등학교 친구야. 엄마, 내 친구들은 참 빨리도 취직했다. 공무원이 된 아이, 초등학교 교사, 대기업 연구원, 심지어 유엔에 취업해서 이탈리아에서 사는 친구까지 있다며 아직 취준생인 자기를 막냇동생처럼 안쓰러워한다며 기프티콘을 마구마구 보내 준다며, 기쁜 일은 아닌데 그래도 행복하기도 하다는 우리 딸.

나랑 놀아 줄 친구도 없지만, 귀찮기도 하고 그래서 엄마랑 노는 거야. 이렇게 애플망고 빙수도 할리스커피 양주덕계점에서 같이 먹고. 나도 너랑 같이 살고, 함께 카페에도 오고 참 좋다고 엄마는 우리 딸이 조바심 내지 않았으면 좋겠다고 진심으로 말했다. 이런 마음은 1촌의 관계에서만 가능할 것 같다고 나는 마음속으로 생각해.

얼마나 가까우면 1촌일까. 78억의 사람 중에서 1촌이라는 어마어마한 핏줄로 연결된 사람. 내 앞에 앉아 있는 귀여운 딸. 어젯밤에 알배기 배추 두 통으로 겉절이 하는 걸 보고 반가워하며 리액션을 마구마구 쏟아 내던 너. 소금에 절인 노란 배춧잎마저도 먹어 보며 맛있다고. 양념 버무린 김치는 세 번이나 맛을 보며 딱 맞아, 간이 딱 좋다며 만족하던 우리 딸. 밥을 먹고 나면 잘 먹었다고 정말 맛있다고 말해 주는 우리 작은딸.

취업 준비하는 거 많이 힘들어하면서도 꿋꿋하게 이겨 내는 네 모습이 안쓰럽지만 엄마는 우리 딸과 함께 지내는 이 시절이 너무 좋다. 네가 먹는 모습을 바라보는 게 너무 기쁘다. 노트북을 켜 놓고 오늘도 어제도 자소서를 쓰는 모습을 보는 것도 이제는 익숙해. 괜찮다. 취업이 되든 안 되든 우리는 1촌이잖아. 1촌 사이는 취업 따위로 흔들리는 관계가 아니거든.

엄마, 어젯밤에 꿈을 꾸었어. 내가 엄마를 잘 만나지 못해서 아마 꿈을 꾸었겠지 싶어. 어버이날은 엄마 아들과 며느리가 엄마에게 불고기를 사 주었다고?

그전 엄마 큰아들 제사에는 엄마의 막내아들이 실하고 맛 좋은 참외를 한 박스 사 왔다고? 일곱 살 아래의 성당 친구에게 한 개를 가져다주었다고 엄마가 나에게 전화로 말했지. 나랑 같이 살 때는 내가 참외를 거의 사지를 않았잖아. 애 아빠는 참외 먹으면 배탈이 나고 우리 딸들도 참외를 먹지 않고 나도 그다지 좋아하질 않아서 말이야. 엄마가 참외를 좋아하는 것도 잘 몰랐지 뭐야. 미안해. 그러다가 엄마가 독산동

남문시장에서 혹은 집 앞 골목 야채 트럭에서 사 온 참외를 먹어 보니 맛있었어.

엄마랑 나랑 열심히 먹었던 기억이 나네. 어젯밤 꿈에서 엄마랑 같이 장사를 하는 거야. 36년 동안 좁디좁은 공간에서 다리도 펴지 못하고 화장실도 제대로 못 가고 돈을 벌어서 우리 넷을 키우고, 그중 한 명은 죽었고, 또 한 명은 그렇게 힘들게 벌어 놓은 엄마 돈을 다 써 버려서 결국 엄마 집까지 팔게 되고, 이렇게 멀리 유배되어 왔고.

아무튼 꿈속에서 엄마의 가게는 실제보다 상당히 컸고, 자판기까지 운영을 했는데, 그 자판기에서 참외를 팔았던 거야. 어떤 젊은 여자가 만 원을 내고 참외 두 바구니를 사 가는 거야. 참외 모양으로 만든 노란 바구니에 참외가 담겨져 있는 걸 들어 보이면서 사 가지고 갔어. 엄마 아들이 사 온 참외가 맛있다고 말한 그날 나도 참외 만 원어치를 샀어. 나 혼자 먹을 수 있으니 좋더라. 크기가 작은 건데 껍질 까고 그냥 통째로 내 방 침대에 앉아서 엄마를 생각하며 먹었어. 다시 한번 미안해, 엄마.

엄마 집 팔아먹은 것도, 참외를 사 드리지 못한 것도 다 미안해. 정말 죄송해요, 엄마. 나의 1촌인 엄마, 가장 가까운 1촌. 엄마 돈 다 내주고도 원망도 하지 않는 무조건적 사랑 그 자체의 우리 엄마. 보고 싶다. 어제도 양주사랑카드로 참외를 네 개 샀어. 이번엔 좀 큰 걸로 샀어. 좀 전에 한 개를 깎고 있는데 애 아빠가 씨를 빼고 좀 먹겠다고 하길래, 싫다고 했어. 배탈 날까 두렵다고 둘러댔지만 실은 나 혼자 통째로 먹어야 했거든.

엄마! 기억나시죠. 70년대에 우리 아버지가 이산가족 찾기에서 당신 6촌 누나이신 우리 고모를 만났잖아. 고모 집에 여름방학 때마다 놀러 가면 나보다 겨우 네 살 많은 영호 오빠가 다 큰 어른처럼 대나무로 엮은 바구니에 한가득 참외를 밭에서 따 오고, 그걸 차가운 우물물에 담갔다가 나보다 열두 살 많은 스물네 살이었던 춘자 언니가 하나씩 깎아 주던 그 참외 맛이 생각나서 올여름엔 나도 참외 좀 많이 먹을 것 같아.

엄마, 오늘은 하루 종일 비가 와도 마음이 불편하지 않고 마음껏 비 오는 풍경과 비 오는 소리를 즐겼어요. 엄마가 나를 알아보고 건강하셔서 너무 감사해요. 지금쯤이면 엄마를 아기처럼 잘 보살피는 엄마 큰딸이랑 성당 다녀와서 점심 드시고 있겠다. 비가 와서 아파트 정원의 정자에는 못 나가도 엄마가 좋아하는 이미자의 여자의 일생도 듣고 유튜브로 황창연 신부님 강의도 듣고 그렇게 마음도 몸도 강건하시기를 빌게요.

세월이 좀 더 흘러갔다. 그 사이에 취업 준비생이었던 작은 딸애는 나의 체면을 세워 주려는 듯 대기업 사원이 된 지 꼭 1년이 되었다. 세상은 공평하였다. 내 가난함과 여러 가지 질병으로 지쳐 가고 있을 때 단비처럼 내린 딸아이의 취뽀의 축복은 나의 59년 삶에 가장 커다란 선물이 되어 주었다.

어젯밤(2022년 10월 18일) 열 시가 넘은 시간에 나의 폰이 울린다. 화면에는 엄마라고 뜬다. 불안한 마음을 감추고 세상 명랑한 착한 아이처럼 밝은 목소리로 전화를 받았다. 잠이 안 온다고 전화한 우리 엄마.

아마도 작은딸이 보고 싶어 전화하신 거라고 엠패스[1]의 기질이 넘치는 나는 즉시 엄마 마음을 알아차린다. 다음 날, 편도로 두 시간 반 정도 걸리는 경기도 양주에서 안양시 평촌동으로 나는 엄마를 만나러 길을 나선다.

서울을 가로질러 세어 보기도 지치는 전철역들을 지나서 경기도를 남북으로 횡단하는 여행길에 올랐다. 집 앞에서 양주역 가는 버스를 10분 이상 기다리고 1호선 전철을 또 기다려서 타고 창동역까지 갔다. 이때 이미 내가 갖고 있는 에너지는 50프로 정도 소진되었다. 창동역에서 오이도행 4호선으로 갈아타고 좀 전에 사당역을 지났다.

4시 반까지 엄마한테 간다고 말씀드렸으니 우리 엄마는, 둘째 딸이 보고 싶은 엄마는 3시 반이 되어 가는 지금부터 그 작은 두 눈이 빠질 정도로 나를 기다리고 계실 것이다. 비행기를 타고 가는 것도 아니고 바다를 건너야 하는 것도 아닌데 뭐가 그리 바빠서 두 해가 지나고서야 엄마를 만나러 갈 생각을 했을까.

오른손에는 지팡이를 짚고 왼손은 내 손을 붙들고 첫돌 지난 아기가 걸음마를 연습하는 속도로 그 모습처럼 엄마는 걸었다. 걸음이 빠른 내가 아주 천천히 보조를 맞추며 걷는다. 예순 살의 딸과 구순을 바라보는 엄마가 뚝배기 불고기 한 그릇과 왕만두 세 알을 사이좋게 나눠 먹는다. 오후 다섯 시가 조금 지났으니 꽤나 이른 저녁이었으나, 음식을 가리지 않는 우리 엄마는 내가 선택한 메뉴를 고맙게도 맛있게 드셨다.

....
1 다른 사람의 감정을 자신의 감정처럼 느끼는 능력 또는 그런 능력을 갖춘 사람

유튜브로 황창연 신부의 강연과 이미자의 여자의 일생을 들을 수 있도록 여섯 번인가 일곱 번째인가 연습을 마치고 이제 알겠다고 네가 있어서 다행이라고 엄마가 말씀하셨다.

고단함이 밀려들고 두 시간 이상 걸리는 우리 집까지 그대로 돌아갈 에너지는 30프로 정도뿐이다. 평촌역 2번 출구 쪽 버스 정류장 근처에 내가 애정 하던 카페를 찾아갔다. 카페 이름은 바뀌었으나, 내가 앉아 있었던 좌석에서 캐모마일 릴렉스 차를 한잔 마신다. 신체와 정신의 에너지가 조금이라도 충전되길 기다린다. 장석주의 『사랑에 대하여』를 읽는다.

51프로까지 전화기 충전이 되었을 때 내 육신의 고단함도 꼭 그만큼의 에너지가 채워졌다. 평촌역에서 창동역까지 가는 전철 안에서 글을 쓰고 있다. 익숙한 지명 충무로역을 지났나 보다. 행운이 내게 잠시 머물러서 퇴근 시간이 조금 지났을 뿐인데 내가, 아니 거의 모든 지하철 승객들이 가장 좋아하는 좌석을 확보하고 지금 충무로보다 몇 배는 더 친숙한 혜화역까지 왔다. 이 좌석에서 글을 쓰며 나는 창동역까지 갈 것이고 지금쯤 엄마의 큰딸인 나의 언니는 퇴근했을 거고 엄마를 맞이해 줄 것이고, 그것으로 내 마음은 평안하다.

창동역에 내려서 1호선 승강장으로 힘차게 걸어간다. 반가운 문구가 내 눈앞에 반짝거린다. "양주행 열차가 전역을 출발하였습니다."

이 가을이 아주 깊어지기 전에 그러니까 얼음이 얼거나 눈이 내리기 전에 어느 날 홀연히 경기 북부에서 남부까지 대횡단하여 오늘처럼 엄마 손을 잡고 걸어 볼 것이다. 오늘은 불고기 뚝배기를 맛있게 드신 우리 엄마께 좀 더 기온이 내려가는 늦가을의 어느 날에는 도가니탕을 사 드리고 싶다. 살아 계시는 날들 속에 작은딸과의 즐거운 기억들을 엄마에게 새록새록 새겨 드리고 싶다.

2021년 5월 3일,
하루의 기록

아침에 나올 때 늘 생활 쓰레기를 한 가지만 모아서 우리 아파트 공동 쓰레기 분리수거장으로 향하는데, 오늘 아침에는 종이박스를 테이프와 송장을 떼어 내고 접어서 자신 있게 관리 아저씨 앞에서 박스 쌓아 놓은 곳에 내려놓았다. 크기가 작은 상자 종이는 따로 놓는 커다란 자루에 넣어야 한다며 오늘도 불합격이었다. 이른 아침이나 늦은 밤에도 아저씨는 늘 그곳에 계신다. 스티로폼을 정해진 장소에 놓지 않아 지청구를 들었다는 이유로 딸아이는 두 번 다시 쓰레기장으로 향하지 않는다.

나 역시 늘 긴장하기는 마찬가지이지만, 어쩐 일인지 나는 아저씨의 투철한 직업의식이 마음에 들었고 넓은 공간에 320가구에서 내어놓는 갖가지 생활 쓰레기가 마치 제조업체 공장 내부를 연상케 하여 그 장면을 은근 즐기고 있다. 감동적인 것은 아이스팩을 모으는 박스가 따로 있다는 것이다.

"양주시에서 사업을 하는 소상공 자영업자를 위해 아이스팩을 이곳에 넣어 주세요."라는 문구는 반갑기까지 했다. 온라인 쇼핑으로 생활용품과 간식거리를 하루걸러 주문하는, 거의 취미생활이 되어 버린 침대 위에서의 장보기 덕분에 넘쳐 나는 아이스팩들이 혹시나 여름휴가 때 써야 하나 버리지 못한 것들이 비좁은 냉동실에서 천대받고 있었으므로.

8시 14분에 양주역에서 출발하는 구로행 열차를 타기 전에 가방 안에서 보리차를 꺼내고 팍실 한 알과 데파스 반 알을 영양제 흡입하듯 얼른 삼킨다. 마스크를 벗었다가 얼른 다시 쓴다. 전철 안은 빈 좌석이 더러 있었고 일부러 책을 들고 오지 않은 나는 보험설계사 노조를 대표하여 기자회견 발언문을 고민하며 때로는 메모하며 눈도 잠시 붙인다.

출근길 전철 안에 앉아서 독서도 하고 잠시 졸기도 하면서 생존 현장으로 이동하는 것이다. 서울이라는 거대한 집단 밖에서 살아가는, 서민이라는 이름표를 붙여야 하는 보통의 사람들이 그나마 누릴 수 있는 호사라고 위로하며 살아낸다. 매일 정해진 시간에 빈 좌석이 눈에 들어오는 인천행 때로는 구로행 열차를 맞이한다. 도봉산역에서 인천행 급행을 먼저 보내야 하는 바람에 3분 지각을 했다. 좌석을 확보하고 앉아서 가는 것과 도봉산역에서 종로5가역까지 서서 가는 것, 당신이라면 지각을 하지 않기 위해 아픈 다리로 내가 서서 가는 걸 바라지 않겠지.

회사 3층 복도에서 앙증맞게 귀여운 상하 목장 바나나우유와 뚜레쥬르 앙금빵을 지역단에서 배급해 준다. 지점으로 들어오니 메트로시티 카드지갑과 쓸 만한 볼펜을 고급 진 케이스에 담아서 나눠 준다. 생일파티를 한다고 쑥떡과 케이크를 팀 회의할 때 또 준다. 나의 베스트 프렌드 지원 씨는 건자두 두 개를 포함한 신선한 견과류를 목이 메지 않게 내가 좋아하는 크랜베리를 넉넉하게 넣은 봉지를 내 자리로 정답게 내민다.

그때 경일 지점 수석 팀장이며, 집에서는 효녀 귀순으로 살아가는 나의 언니가 조용히 속삭인다. 알타리 김치 탕비실 냉장고에 갖다 놓았다고. 나의 신혼 시절, 우리 단칸방 부엌에서 열무김치를 담아 주던 언니, 큰아이 무니를 언니 집에서 키워 주던 시절에 언니가 담아 주었던 30년 전의 알타리 김치가 불현듯 생각난다. 그리 많은 세월이 흘렀어도 나는 여전히 덜 자란 아이처럼 언니 앞에 얼쩡거리며 머리가 허옇게 세었는데도 불구하고 성장을 못한 채 늙어 간다.

점심 식사는 5,500원짜리 우렁 청국장찌개로 지원 씨와 함께했다. 기사식당으로 보이는 허름한 가게 안에는 늘 그렇듯이 중년의 남자들로 만원이었고 한 군데 테이블이 비었으므로 우리는 자리를 잡고 먹었다. 내 짝꿍 지원 씨는 생선과 닭고기와 돼지고기와 오리를 몹시 싫어하는 것을 넘어 도저히 먹을 수 없으나 청국장과 쇠고기 국밥과 쭈꾸미와 샤브샤브를 좋아한다.

한승태의 『고기로 태어나서』라는 노동 에세이를 읽고 나서 닭고기와 돼지고기를 나도 모르게 잘 안 먹게 된다. 살아 있는 생물을 죽여서 인간이 먹어야 한다는 것이 일상적이라 생각해 왔는데, 그렇게 남의 살코기로 영양분을 섭취하는 게 인간으로 태어난 이상 당연한 권리라고 생각했건만, 일 년에 30개의 달걀을 생산해야 자연의 순리인데 300개의 알을 낳다가 뼈가 녹아내려서 맥없이 죽어 가는 닭의 사연을 알고 마음이 시리다.

점심 후에 우리의 소소한 즐거움은 역시 아메리카노 한 잔을 들고 사무실로 향하는 것인데, 5년 전 을지로 삼풍상가로 첫 출근하였을 당시에 을지로4가 우체국 바로 앞에 있는 언노운(UNKNOWN) 테이크아웃 전문 커피집은 어느새 FAMOUS로 바뀌고, 딸애들은 상호명 대박이다라고 마구 웃어댔다. 지원 씨는 커피 입맛 또한 까다로웠으나 상호명에 걸맞게 커피 맛은 그런대로 우리의 사랑을 받고 있다.

저녁 8시가 넘었다. 양주역에서 내려 횡단보도를 건너서 31번 버스를 기다린다. 항상 기다리는 것. 그것이 우리 삶이라는 것, 양주에 둥지를 틀면서 나는 기다림의 미학과 아주 미세하지만 여유도 찾게 된다. 기다리면 떠난 것은 돌아온다고 했던 어느 소설가의 문장은 나의 블로그 마중 글로 십 년 넘게 숨 쉬고 있다. 내 소박한 소망도 기다림 끝에 언젠가는 찾아들겠지.

하루의 고단함을 풀어 주고 다음 날의 내가 다시 생존의 현장으로 용감하게 출발할 수 있게 나를 받아 주는 나 혼자만의 공간, 내 방 침대에 눕는다. 저녁노을은 이미 지나 버렸으나 그럼에도 하늘은 훤히 보인다. 오 센티미터 정도 창문을 열어 본다. 알맞게 서늘한 공기가 방안으로 들어오는 순간이 반갑다. 하루의 고단함을 씻어 주는 이 평화로운 저녁에, 거실에는 남편이 TV를 보면서 졸고 있다.

작은아이는 스터디 모임에서 아직 돌아오지 않았다. 망설이다가 데파스 한 알과 렉사프로 한 알이 들어 있는 약봉지를 뜯어서 입에 넣고 보리와 무우 말려 볶은 것으로 끓인 물을 들이켠다. 나를 살리게 하는 약물인지, 한없이 저 밑으로 가라앉게 하여 마침내 수면 위로 떠오르지 못하게 하는지도 모르는 항정신성 약물을 수년 동안 복용하며 살아 낸다.

위안을 받는 것은 최근에 들어서면서 졸피뎀 성분의 수면제는 먹지 않는다는 것, 중추신경계를 마비시켜서 생각이란 걸 멈추게 하는 스틸

록스, 졸피신이라는 이름의 수면유도제는 내 삶에서 내보낼 수 있었다. 내 정신의 건강이 비록 온전하다고 볼 수는 없으나 그럼에도 내 남은 삶을 버릴 순 없다. 가난과 질병이 매일 나와 함께한다고 하지만 내 질병이란 건 불치의 병은 아니란 걸 잘 안다.

회사에서 가입시켜 주는 단체보험에서 나에 대한 보장은 재해사망 시 1천만 원을 지급하며, 일 년간의 보험료는 600원이다. 이 사실 하나로 보면 나는 아마도 중병환자인 것 같다. 내일은 담당자를 찾아내어 왜 내가 이런 대우를 받게 되었는지 물어봐야 하겠다. 나는 그리 중환자가 아니라고 알려 줘야지.

하루는 어떻게 보내는지에 따라서 천국이 될 수도 있고 지옥이 될 수도 있다. 나의 귀염둥이 작은아이가 집에 돌아온 것이 언제인지 모른 채 나는 약물의 도움으로 서너 시간을 잠들 수 있었나 보다.

한 권의 책은 우리 안에 얼어붙은
바다를 부수는 도끼여야 한다

얼마나 강력한 감동을 주어서 책 한 권으로 내 안에 얼어붙어 있던 바다를 부술 수 있다는 건가. 쇄빙선이 얼어붙은 바다를 가르며 지나가는 장면을 영화에서 보았다. 바다가 얼어붙은 모습을 내 눈으로 볼 수 있는 기회가 있을까. 자연의 섭리로 이해할 수 없는 일들을 책은 가능하게 해 준다. 책은 내가 살아갈 수 있게 해 주는 내 삶의 은인이자 동반자이다. 잘 고른 책 한 권은 세상에서 가장 존중받는 돈 앞에서도 내 자존을 스스로 지킬 수 있게 한다. 내가 폰으로 이 글을 쓰고 있는 이 순간에도 단체 채팅방에서는 쉬지 않고 문자가 울린다.

나를 제외한 다른 이들의 돈 버는 소리가 들린다. 끊임없이 돈을 버는 소리가 참 지치지도 않고 계속 울린다. 주눅이 잠시 들기도 하고 마음이 쓰리기도 하다. 당장 이번 달에 치러야 할 공과금과 보험료와 집세와 김장을 해야 하고 배고픈 위장을 쉴 없이 채워야 하는데 나는 돈을 제대로 벌어들이지 못한다.

세상은 돈이 있고 집도 있어야 사람대접을 해 주는데 나는 돈도 없고 집도 없다. 이제서야 깨닫는다, 돈이 중요하고 집은 더 중요하다는 것을. 요즘 들어 나는 매일 밤마다 통곡을 하는 버릇이 생겼다. 남편이 들어오기 전 혹은 그가 하루의 고단함을 이기지 못하고 깊이 잠든 후에 마음 놓고 내 방 침대에 누워 창문을 향해 돌아누워 통곡을 한다. 목 디스크 진단을 받고 나서 의사는 돌아누워 잠자는 걸 피하라고 했지만. 아무리 크게 울음을 울어도 아무도 왜 우느냐고 물어보지 않는다.

가끔은 낮에도 통곡을 한다. 내가 2년 넘어 3년째 살고 있는 이 집은 나의 통곡 소리를 잘도 견디어 준다. 아무리 큰 소리로 울어도 층간 소음으로 신고하지도 않고 그 누구도 불편해하지 않는다. 이런 이유로 나는 이 집이 너무 좋아졌다. 지나가는 오토바이 소리와 젊은이들이 나누는 대화 소리가 늦은 밤에 간혹 들리더니 날씨가 쌀쌀해지고 창문을 여는 일이 없다 보니 그 소리조차 없다. 이 고요함이 내 마음에 든다.

헤르타 뮐러의 『숨그네』를 거의 열흘에 걸려서 읽었다. 번역가로 이름 있는 박경희의 『숨그네』 해설에서 *"한 권의 책은 우리 안의 얼어붙은 바다를 부수는 도끼여야 한다"*는 카프카의 말을 전해 읽었다.

나에게 책은 생명수와 같다. 책을 읽기 위해서 밥을 먹고 약간의 경제 활동을 하고 잠을 잔다. 오직 책을 읽기 위해서 나의 위장을 채우는 나날들을 내가 아닌 타인들에게 이해받을 생각은 하지 않는다. 그저 나만이 나를 이해해 주면 그만인 것을. 불현듯 20년 전 충청도 산골에 살던 어느 겨울날의 추억 한 장면이 떠오른다.

강물은 얼고 호수도 얼고 시냇물도 얼어붙어서 어린 딸 둘을 태우고 썰매를 끌고 달리는 젊은 아빠를 본 적이 있었다. 아홉 살, 여섯 살, 두 딸들의 얼굴은 빨갛게 얼어 있었으나 그저 즐거움이 가득했다. 젊은 아빠는 영하 10도가 넘는 산골의 겨울을 사랑했다. 뚝딱 뚝딱 거리며 두 딸을 태울 만한 썰매를 만들고 집 뒤 언덕으로 산책하며 알아 두었던 호수가 꽁꽁 얼었다며 흥분한 목소리로 어린 딸들을 깨웠다.

주황색 잠바를 입고 털장갑, 털모자를 챙겨 입은 작은아이. 분홍색 체크무늬 코트를 입고 조금은 못 미더워하면서도 아빠와 동생을 따라 나선 큰 아이. 서른아홉 살의 나는 그들이 신나게 겨울을 즐기는 모습을 지켜보았다. 이십 년이 지나 찾아본 사진 한 장 안에서 젊은 아빠는 썰매를 끌며 어린 딸들보다 더 행복한 모습을 하고 있다. 여보, 당신도 기억나지.

우리에게 행복했던 그 겨울과 봄과 여름날들 말이야. 영원할 줄 알았던 전원생활의 행복이 우리에겐 추억으로 남았지. 두 딸은 아직도 젊은 아빠가 끌어 주던 썰매를 기억하고 있겠지. 사는 일에 지칠 때마다 나는 산골의 가을 하늘을 기억해 낸다. 어린 딸에게 정월 대보름날 밤에 마차부자리를 설명해 주던 당신. 청량했던 겨울 공기가 생각나는 날이다.

경기 북부 양주시의 체감 온도가 영하 21도인 오늘은 2023년 1월 24일. 설날 연휴의 마지막 날 집 밖에 한 번도 나가지 않고 나는 독서를 하고 당신은 텔레비전을 보다가 베란다에서 담배를 피우고 있다. 「동물의 왕국」 아니면 「나는 자연인이다」를 아무튼 그중의 한 프로를 당신은 본다. 아침 8시에 당신은 「인간 극장」을 본다. 나는 책을 읽는다.

당신은 유튜브로 세상의 소식들과 문명을 빠른 속도로 접한다. 나는 하루 종일 침대에 누워서 책을 읽는 휴일. 딸아이가 추천해 준 드라마를 정주행 하는데 극 중에서 드라마 작가로 나오는 주인공의 손에 들린 책을 기억해 낸다. 도리스 레싱의 『19호실로 가다』를 읽는다. 이 세상에서 철저히 혼자이고 싶었던 주인공은 네 아이의 엄마다. 혼자만의 시간과 공간이 간절했던 주인공의 심정을 나는 이해하였다. 그래 알고 말고. 나도 철저히 혼자이고 싶은데. 혼자이고 싶은데.

주인공 수전처럼 호텔을 세 내어놓고 하루에 몇 시간쯤 아무 일도 하지 않고 생각조차 멈춘 채. 그렇게 며칠이고 지내고 싶은데…. 나의 19호실은 프레드 호텔이 될 수는 없었다. 수전은 네 아이를 키워야 했지만 나는 두 아이뿐이었으니까. 그녀보다는 좀 수월했겠지. 거리 곳곳에 있는 『모비딕』에 나오는 일등 항해사 스타벅의 집이 때로는 나의 19호실이 되어 주기도 했고 물리치료 받는 작은 공간이 삼십 분 정도는 쉬게 해 주었고 아주 드물게 병원의 입원실이 일주일간은 나의 19호실이 되어 주기도 했다.

도리스 레싱의 작품들을 읽기 시작한다. 그동안 나의 독서 습관이 마음에 와닿는 다수의 책들을 마구 읽었던 다독이었다면 오늘부터는 작가별로 읽어 보려 한다. 위대한 작가들을 통해 내 인생 작품들을 만나볼 것이다. 한 권의 책으로 나는 하루를, 때로는 사흘을, 일주일까지도 행복하게 살 수 있다.

오늘도 한파 경보가 내린 양주시의 체감온도는 영하 22도였으나, 정남향의 5층에 있는 아파트의 내 방 창문으로 따뜻한 햇살이 비치고 있는 것이 비현실적으로 느껴진다. 이런 추위에 내가 이리 편안하게 책을 읽어도 되는 걸까. 위메프에서 주문한 블루마운틴 원두커피가 곧 배송된다는 문자가 온다. 미안한 마음이 든다. 편히 앉아서 필요한 것들을 시키고 받아 보는 것이 당연하게 누릴 수 있다는 권리라고 생각하기에 날씨가 너무 춥다.

추위가 무서워 나가지 못하고 있었다, 나는. 이틀째 깊은 겨울의 산골에 갇혀 있는 것 같다. 설날에 만들어 놓은 음식들로 배고픔은 해결되었으나 읽고 싶은 작품으로 마음에 와닿은 도리스 레싱 단편집을 방금 다 읽었다. 덕계도서관에 달려가서 레싱의 출세작 『풀잎은 노래한다』를 빌려 와야 하나 망설이고 있었는데 도서관 건물 2층 회천2동 주민센터에 볼일이 있다고 남편이 말했을 때 나는 얼마나 반가웠던지.

그리하여 20분쯤 지나서 나는 도리스 레싱의 첫 장편소설을 품에 안고 2년 전에 며칠 치료받았던 한의원을 찾는다. 나를 오랜 세월 우울하게 하는 목 디스크와 어지럼증의 상관관계를 양의학이든 한의학이든 무슨 방법으로든 알아내고 싶은 것이다. 프레드 호텔 19호실이 아니라 경희 소나무 한의원 205호실로 입원했다.

2년 전에도 205호실이었는데 나를 기다리고 있었다는 듯 그 병실이 비어 있다니. 2인실이지만 혼자 사용할 수 있는 나의 보금자리. 추나 치료를 받고 침을 맞고 부황으로 피를 뽑고 간기능 검사를 했다. 그보다 먼저 입원하기 전에 교감신경과 부교감신경의 반응도를 체크했다. 보통 사람들과 반대의 결과라고 하였다. 교감신경이 보통 사람보다 높아서 예민하고 스트레스 지수 검사를 했는데 최고 점수를 받았다. 스트레스에 취약하다고 한다. 건강지수 성적은 40점으로 낙제를 받았다. 예상은 했으나 상태가 심각했다.

한의사 선생님이 마스크를 벗고 혀를 보여 달라고 했을 때 나는 감동되어 속으로 마구마구 울었다. 내 혀를, 태어날 때부터 갈라진 내 혀를 보여 달라니 고맙고 반가웠다. 열흘 전쯤에 혓바닥에 돌기가 전체적으로 퍼졌을 때 밥도 못 먹을 정도로 아팠다고 말했다. 지금 상태도 좋지 않다고 의사는 나를 위로하는 눈으로 바라보았다. 내 혓바닥을 보여 달라는 의사는 처음이었다. 환자의 아픔을 세세하게 살펴 주는 의사는 저녁 7시가 넘은 시간에 205호의 문을 살짝 두드렸다.

퇴근하기 전에 나의 상태를 보고자 잠시 들렀다 한다. 마음이 오랜만에 누그러진다. 집에 있을 때보다 편안함을 느낀다. 하루 세 끼를 챙기지 않아도 된다. 내 손으로 밥을 하고 반찬 걱정을 하지 않아도 되는 이 황금 같은 시간들이 천천히 흘러가기를. 도리스 레싱의 『풀잎은 노래한다』를 읽는다. 레싱의 자전적 소설이라고 한다. 불행한 어린 시절과 젊은 시절의 경험이 아니었다면 레싱은 작가로서 성공할 수 없었을 거라고 했다. 본인의 아픈 기억들이 작품을 쓸 수 있게 했다고. 서른한 살 되던 해 그녀는 이 위대한 소설을 썼다.

나는 2년 전부터 책을 쓴다고 끄적거리곤 했는데 아직도 초고 완성을 하지 못하고 있다. 사람마다 글이 잘 써지는 장소가 있다고 하는데 나는 이 한의원 205호실이 바로 그 장소이다. 입원 첫날인 어제 병원 로비에 있는 안마의자에서 목과 어깨 코스 20분, 허리 코스 20분을 마사지하는데 정말 시원했다. 움츠렸던 내 몸의 세포들이 기지개를 켜고 깨어난 느낌이었다.

마지막 몇 분 남겨 놓고 깜박 졸기까지 한 기분 좋은 기억이 남아 있다. 덕분에 어제 입원 준비 가방에 챙겨 온 멜라토를 먹지 않고도 잠이 들었나 보다. 기분 좋은 두어 시간의 잠을 잤나 보다. 입원한 지 나흘째 되는 날, 잠이 깬 것은 새벽 5시 10분.

불을 켰다. 병원이라기보다 한적한 지방 소도시의 모텔 같은 느낌의 입원실이 마음에 든다. 레싱의 『풀잎은 노래한다』 마지막 11장을 숨죽여 읽었다. 20세기, 오늘날부터 70여 년 전의 남아프리카의 시골에서 벌어진 인종 간의 갈등과 사회구조, 그 안에서 자신도 모르게 불행의 길을 걸어야 했던 여인의 이야기. 한 편의 길고 긴 서사시를 사흘 동안 감상하였다.

「타임스」의 표현대로 '무시무시한 재능이 전달해 내는 엄청난 감동'의 연속이다. 모든 문장에 열정과 감수성과 힘이 넘치는 놀라운 작품이다. 나의 질병과 현실의 암담함을 잠시나마 잊을 수 있는 마력을 나는 이 책에서 선물 받았다. 책은 나를 살 수 있게 해 준다는 진리를 이 아침에 새롭게 느낀다.

> *"꽃향기를 실은 바람이 알맞게 불어 주고 뜨겁지 않은*
> *햇볕이 내리쬐어 정말 기분 좋게 사랑스러운 날씨였다."*
> *- 도리스 레싱, 『풀잎은 노래한다』 중에서*

— 메리가 리처드와의 농촌에서의 결혼생활을 견디지 못하고 자신이 일하던 도시에서 타자수를 뽑는다는 신문기사를 읽고 희망을 안고 걸어가는 길에서 느끼는 도시의 냄새 —

내 삶의 이유 있음은

이미자 노래 인생 50주년 콘서트에서 엔딩곡으로 불렀던 노래 제목이다.

우리들 모두의 삶에 이유가 있어야 살아갈 수 있지 않을까 생각한다. 살아야 할 이유를 찾고 내 인생을 돌아보고 싶어졌다. 이미자 씨는 삶의 이유가 사랑이고 노래였다고 한다.

내 딸들을 위한 푸드박스를 채우고 발송하고 딸아이들이 맛있게 먹는 모습을 그려 보는 일. 함께 살지 못해서 뜨거운 밥을 차려 줄 수는 없지만 메뉴를 며칠 동안 고르고 먹거리를 준비하고 딸들에게 소포로 부친다. 내가 살아가고 나를 살리는 첫 번째 이유이다. 11월 둘째 주 어느 날 새벽 4시에 일어난다.

어젯밤에 절여 놓은 알타리 석 단이 알맞게 절여 있다. 건고추도 적당히 불려 있고 남편이 「동물의 왕국」을 보면서 다듬어 놓은 쪽파도 채반에 줄을 맞춰 누워 있는 고요한 새벽 공기가 내 앞에 있다.

거실 모퉁이에 있는 아이스박스에 사랑이 쌓인다. 서리가 내리기 전 벽제 내유리 고모네 밭에서 누렇게 단풍 들던 깻잎을 따 왔다. 한 장 한 장 양념장을 바르기까지도 몇 단계의 수고로움을 거쳤고, 그날 혼자서 수백 장의 깻잎에 양념을 입히다가 외로움에 지치기도 했다. 끝날 것 같지 않은 작업들도 무심히 정진하다 보면 마무리가 된다. 매일 해야 하는 사소하지만 만만치 않은 일상들도 내 몸을 움직이고 마음을 쏟다 보면 그 마지막이 있더라는 것. 자식을 키우는 일에도 한 고개 한 고개 넘어가는 일이 내 앞에 찾아오게 되었음을 나는 감사하게 받아들인다.

"당신들은 이제 더 이상 학부모가 아닙니다."라고 작은 딸애가 일러 주었을 때 나는 19년간의 학부모 생활이 끝난 것을 알았다. 계산하지도 않고 두 딸의 유치원, 초등, 중고등, 대학생의 학부모 생활을 해 왔는데 우리 똘똘이 스머프가 19년이라고 일러 주었고 나는 그것으로 위안을 받았다. 독립해서 살고 있는 더 이상 내 보호를 받지 않고도 의연하게 살아가는 서른 살, 스물일곱 살 내 딸들에게 해 줄 수 있는 건 한 달에 두어 번 정도의 푸드박스를 보내 주는 일이다. 깻잎장아찌부터 카레까지 내 아이들이 먹을 것들 열 가지 정도 채우는 일로 나는 행복하다.

지난 10월의 마지막 토요일 밤 서울 한복판에서 발생한 기막힌 사건은 8년 전 바다에서 일어난 아픔을 상기시키며 온 국민을 슬픔에 빠지게 한다. 작은딸 아이가 가끔 놀러 가는 곳이라서 여느 부모와 마찬가지로 가슴을 쓸어내렸다. 내 아이가 살아 있어 줘서 고맙기는 하지만 자식 키워 본 부모 심정을 잘 알기에 마음이 시리는 초겨울 아침이다. 세월이 아무리 흘러도 치유되지 않는 아픔이 세상에 있다는 걸 알기에 내가 당한 슬픔이 아니라고 보내 버릴 수 있는 게 아니다.

오늘도 그러니까 2022년 12월 13일.

나는 온종일 내 딸들이 먹을 음식을 마련하며 하루를 보낼 것이다. 그동안 몇 차례 푸드박스를 보냈지만 오늘 만드는 반찬은 정말 맛있게 영양 있는 것으로 채워 줘야지. 가로는 내 손으로 세 뼘 좀 더 되고 세로는 두 뼘이 조금 안 되는 깨끗한 아이스박스를 우리 아파트 재활용장에서 발견하자마자 얼른 들고 와서 소독제를 뿌리고 물티슈로 닦아서 말려 놓았다. 거실 한 모퉁이에다 놓고 나는 아픈 오른쪽 팔을 달래며 열심히 우리 딸아이들이 먹을 반찬을 만들 것이다.

우선은 냉장 보관이 전혀 필요치 않은 홈쇼핑에서 8봉에 59,310원을 주고 구매한 소 한 마리 탕 두 봉지를 넣어 두었다. 750그램으로 두 아이가 나눠서 먹기에 알맞은 분량이다. 딸아이 둘을 키워 놓은 것이 어찌 보면 내 삶에 커다란 기쁨으로 다가온다. 출근하는 남편의 백팩에도 한 봉 넣어 주었다. 와인 매장에서 혼자 점심도 저녁도 먹어야 하는 직업, 그는 동료도 없는 직장에 다닌다. 가게를 비워 놓을 수도 없고 돈 주고 사 먹을 형편도 되지 않는다.

밥을 챙긴다는 건 사랑이다. 누군가 나에게도 한 번쯤은 따끈한 밥 한 끼 내가 좋아하는 반찬을 묻지 않고도 차려 주는 사람이 있었으면 좋겠다. 그런 일이 일어날 것 같지 않아서 나는 이제라도 내가 좋아하는 음식을 나를 위해서 만들려고 한다. 오직 나에게만 먹일 수 있는 음식을 말이지. 그런데 내가 뭘 좋아하지? 딸아이들 혹은 남편이 좋아하는 반찬은 잘 기억하면서 내가 좋아하는 건 왜 금방 떠올리지 못할까.

그저 남이 해 주는 음식이라면 다 맛있게 먹을 수 있을 것 같다. 나를 위해 음식을 만드는 사람은 이 세상에서 식당 셰프님들 뿐이다. 그래서 나는 식당에서 내 입맛에 맞지 않아도 절대 불평할 수 없다. 맛의 문제가 아니라 내가 내 손으로 무거운 식자재를 사 오고, 요리를 하고 내 위장뿐 아니라 식구들 위장을 채워야 하고 설거지를 하면서 다음 끼니를 무엇으로 해야 하나 늘 고민해야 하는 것이 일상인데 그 고달픔을 한

끼라도 해결해 주는 고마운 음식점 주방장님들께 감사하다는 마음이 든다.

또한 너무너무 고마운 택배 기사님들.

그분들이 아니면 생활이 되질 않는다. 먹을 것을 만드는 것은 식자재를 사 오는 것이 절반의 과정이기에 그 무거운 재료를 우리 집 현관 앞에 갖다 놓으시는 손길이 어쩌나 감사한지, 운전을 하지 못하는 나에게 그분들은 은인이다. 더군다나 궂은 날씨에도 새벽배송이라니. 멀리서 택배차를 발견하면 인사를 하고 싶어질 지경이다.

1시간 28분 이내에 주문하면 오늘 배송해 준다고 해서 나는 브로콜리와 두부와 돼지고기와 소화가 잘되는 우유와 무우 그리고 양배추를 주문하였다. 딸들을 위한 푸드박스를 만들 때 빠뜨릴 수 없는 카레에 브로콜리를 넣어야 한다. 두 아이가 두 번씩 먹을 수 있도록 분리해서 지퍼팩에 담아서 보낼 것이다. 오징어볶음에 넣어야 하는데 다른 재료는 모두 갖추었으나 양배추가 없어서 주문한 것이다. 아이들이 해 먹기에 좀 번거로울 것 같아서 지난 주말에 마트에서 사 놓은 오징어 네 마리로 야채를 넣고 볶음을 해 주고 싶다.

황태채 조림은 해 본 적이 거의 없다. 네이버에서 친절하게 가르쳐 주신 대로 열심히 만들어 본다. 재료는 열 가지가 넘게 들어가는데 기본 재료들이라 밥을 매일 해 먹는 가정집이라면 갖추고 있을 법한 것들이었다. 물론 맛술 대신 화이트 와인을 넣었고 올리고당이 없어서 조청을 넣은 것 빼고는 박사님들이 알려 준 대로 황태채 조림을 하고 맛을 보고 어느 정도 만족을 하며 침대에 누워 창문을 살짝 열어 본다. 한파경보가 내린 경기 북부의 한겨울 바람이 제법 차다. 잠시 동안이라고 생각했는데 의사들의 만류에도 불구하고 나는 또 침대에 누워서 두 팔을 치켜들고 책을 읽는다.

그것도 한참이나 시간이 지난 줄도 모르고 그냥 또 읽어 버렸다. 목 통증까지 심해지고 있는데도 내일 지구가 사라진다 해도 읽어야만 될 것 같은 그런 심정으로 읽어 내린 책은 에리히 프롬의 『우리는 여전히 삶을 사랑하는가』이며 무력감에 대한 내용을 읽고 있는데 기다리던 택배가 왔다고 친절하게 문자로 알려 준다. 사랑을 듬뿍 담아 8인분 정도의 카레를 만들었다. 독서에 몰입하듯 요리를 할 때에도 나는 집중한다. 아무 소리도 나지 않는 고요함 속에서 오직 내 딸아이들의 위장을 채워 줄 음식만을 생각하며 만든 카레가 완성이 되고서야 간단히 요기를 한다.

오른쪽 팔 안쪽 림프절 부근이 어젯밤부터 콕콕 쑤시는 것이 나를 우울하게 만든다. 집에서 가장 가까이에 있는 성모의원에 가서 진료를 받았다. 의사가 요즘 힘들었느냐고 스트레스가 많았냐고 물어봐 줘서 마음이 좀 풀렸다. '아무도 몰라주는데 당신은 내 고통을 짐작이었겠으나 그래도 물어보네요'라고 속으로 감사의 마음이 들었고 5일 치 약을 받아서 돌아왔다.

푸드박스에 실려 갈 또 하나의 요리를 끝내고 나는 다시 침대에 눕는다. 에리히 프롬의 책을 집어 든다. 독서대에 놓고 책을 읽으라던 우리 동네 의사의 목소리가 귀에 들렸고 이렇게 계속 안 좋은 자세로 책을 읽어대면 목 디스크 수술을 해야 될지도 모른다는 말도 의사는 빼놓지 않았다. 다음 날 아침에는 우리 아이들이 가장 좋아하는 반찬들 중에 빼놓을 수 없는 두부조림을 할 것이고 열 가지가 넘는 먹을 것들을 아이스박스에 담는다. 이 순간이 나는 가장 즐겁다.

엄마 우리 된장 다 먹었다고 알려 준 작은딸의 카톡 문장이 뇌리에 박힌 채로 며칠을 보냈다. 된장과 마늘 다진 것과 통마늘을 푸드박스에 담을 때는 마음이 좀 아려 온다. 엄마들이 걱정해야 하는 기본양념들을 챙기고 그중 무엇을 다 먹었는지 알아야 하는 스물일곱 살의 모습이 보인다. 엄마가 해 주는 밥 먹고 직장생활을 해야 하는 건데 서울 한복판 남산 뷰가 보기 좋다는 회사에 다니는 아이가 경기 북부에서 출퇴근하기엔 무리였다. 두 딸아이가 함께 지낼 수 있어서 위안이 되고 마음이 놓인다.

알맞게 익은 김장김치 한 포기를 썰어서 담는다. 파김치도 담고 냉동고에 자리 잡고 있던 재래김을 올리브유와 참기름에 발라 구운 것을 이중 지퍼팩에 담는다. 얼음팩을 몇 개 동봉하고 빈 공간에는 귤을 다섯 알 끼워 본다. 이쁘고 싱싱한 브로콜리도 한 송이 넣는다. 나의 사랑을 꾹꾹 눌러서 담는다. 지난번 푸드박스를 받은 날 큰아이는 너무 행복하다고 인증샷을 보내왔다. 그 모습을 상상하면 나는 더 행복하다.

시간이 또 흘렀다.

저녁시간이 넉넉하다 보니 TV를 보게 되는 날이 많아진다. 의류나 화장품, 건강식품보다 밥이랑 함께 먹을 수 있는 먹거리를 판매하는 홈쇼핑을 유심히 보게 된다. 먹고 싶다는 생각도 들지만 우리 아이들이 좋아할 것 같은 메뉴가 나오면 나는 푸드박스를 만들고 싶다. 빅마마로 알려진 이혜정 셰프의 두툼 함박 스테이크를 산다. 연말이 다가오고 마음은 적적해지고 이 마음을 달래는 일은 먹을 것을 만들어 내 딸들에게 보내 주는 것이다. 내가 살아가는 이유 중에 으뜸이다.

본인의 의사와 상관없이 나는 아이들을 이 세상에 내놓았다. 세상에 나와서 한 세기 가까운 세월을 살아 나가야 하는데 아이들에게 물어보지도 않고 그 애들을 세상에 꺼내 놓았다. 큰아이는 두통을 자주 겪고 작은아이는 편도선염과 복통을 가끔 앓고 있다. 세상에 태어나 기쁘고 즐거운 일도 더러는 누리겠지만 육신의 고통과 마음의 아픔이 따라오는 것이 삶이라는 걸 알아들었을 때는 이미 두 아이를 낳은 후였다.

허락 없이 만만치 않은 삶을 살아가게 해서 딸아이들에게 좀 미안하다고 언니에게 슬며시 토로했을 때 무슨 소리냐고 네 덕분에 세상 구경 하는 거지라고 언니는 펄쩍 뛰었다. 네가 사는 게 힘이 들어서 그런 생각이 든 것뿐이라고 무심히 건네는 언니의 한마디에 불편한 마음이 조금은 사라지곤 했다. 어쨌든 오늘 크리스마스 날 고요한 집 안에서 나는 우리 딸아이들의 위장을 채워 줄 음식을 만든다. 사랑을 담고 또 담아서 푸드박스를 채울 것이다. 오늘 새벽에 배송된다는 연근이 어젯밤 11시쯤 도착하였다.

진흙탕 연못 안에서 뿌리를 내리고 그 모습은 보이지 않은 채 아름다운 연꽃을 피운다. 꽃은 예쁘게 피워 우리 눈을 즐겁게 하고 뿌리는 소중한 먹거리가 된다. 소화가 안 되고 설사를 가끔 한다는 나의 작은 딸 아이를 위한 반찬으로 연근조림을 선택한다. 지혈과 소염작용을 하고 오장을 튼튼하게 해 준다는 연근의 효능을 들어 본 적이 있기에 겨울이 제철 음식인 연근을 깨끗하게 썰고 다시마 육수로 삶아 내고 세 번으로 양념을 나누어서 조리해야 한다는 연근조림. 새벽 두 시가 넘어서야 완성했다.

아이들이 맛있게 먹는 모습을 생각하며 오늘 하루 나는 올해의 마지막 푸드박스를 채울 것이다. 큰아이가 좋아하는 비빔밥 재료를 만든다. 다용도실 선반 위에 놓여 있던 말린 고사리 한 봉지를 삶고 있다. 나를 위해 나물을 뜯어서 말려서 보내 주는 고마운 분, 말린 산나물 봉지에는 날짜와 장소까지 적어 놓은 안성 형님 내외분께 감사하다. 삼십 년 동안 우리 아이들을 위해 기도해 주시고 그 세월 한결같이 산나물을 뜯어서 말려 주신 손길에 가슴이 먹먹해 온다. 사랑을 주고 사랑을 받는 일. 내 삶의 이유이다.

복숭아와 갈치

이준호 씨는 고래도 아닌데 마치 고래처럼 제 머릿속에 불쑥 불쑥 떠올라요. 고래가 아닌 인간이 보고 싶다는 건 처음이라서 이상합니다. 드라마 「이상한 변호사 우영우」에서 영우의 사랑고백은 이준호 씨를 약간은 당황시켰으나 순수한 모습으로 진실되게 다가온다.

자폐 스펙트럼 장애를 겪는 사람들은 특정한 대상에게 집착에 가까운 관심과 애정을 나타내는데 우영우는 그 사랑의 대상이 고래였던 것이다. 이 드라마를 시청하면서 고래에 대해 그리고 법에 대해서 조금은 알게 되었고 그보다 자폐 스펙트럼 장애를 지닌 사람들을 이해하는 데 상당한 도움이 되었다. 특정한 음식만을 먹는 것은 내가 겪는 특징은 아니지만,

소음을 견디지 못하는 것, 회전문을 통과하기 힘든 것은 일반인들 중에서도 나타나는 특징일 수 있다는 생각이 든다. 나의 경우에는 자폐 진단은 받지 않았지만 정신과 상담이나 심리검사 질문을 통한 검사에서 불안장애 판정을 받았다. 계단을 오를 때 뒤로 넘어질까 두려웠고 경사가 심한 에스컬레이터를 타는 것도 힘들었다. 시끄러운 식당에서 밥을 먹지 못했고 등받이가 없는 의자에 앉는 것은 낭떠러지가 내려다보이는 절벽에 서 있는 느낌이었다.

10년 가까운 세월 동안 신경안정제를 하루에 두 번 복용해야 일상생활이 가능했다. 횡단보도를 건너는 것이 정말 힘들었는데 4개월 전부터 항불안제를 먹지 않고 내가 횡단보도를 건너게 된 것이다. 내 삶에 기적처럼 회복이 찾아들었다. 지난 4월의 어느 새벽 유튜브로 은혜를

주제로 한 찬송가를 잠결에 들었던 것인데 이상하게도 중간광고 없이 예닐곱 개의 위안과 감사의 노래가 들리고 어느 순간인가 내 가슴속에 억눌려 있던 돌덩이가 오랫동안 괴롭혔던 숙변이 내 몸 밖으로 밀려 나가듯 그 불안이란 정체가 내 안에서 도망치듯 나갔다.

그날 새벽 3시경의 신비한 경험, 그건 뭐랄까 한순간에 썰물이 빠져나가듯 내 안의 온갖 불안한 마음들이 눈물과 함께 녹아내렸던 것 같다. 사람들은 이해 못 할 수도 있다. 회전문이 돌아가는 게 무서울 수도 있는 것임을 말이다.

보통 사람들에게는 아무것도 아닌 회전문 출입이 우영우에게는 법정에서 민법/형법의 법 조항을 외우며 피고인을 변호하는 것보다 열 배나 더 힘든 일이다. 애정을 고래에게서만 느끼는 우영우가 사람을 좋아하면서 어쩌면 일반인처럼 감정을 온전히 느끼고 눈물도 적절한 타이밍에 흘릴 줄 알고 김밥이 아닌 다른 음식도 먹을 수 있기를 바라는 마음이다.

우영우에게 김밥 같은 존재 또는 고래가 아닌 인간으로 보고 싶다는 느낌이 드는 이준호와 같은 대상이 우리들 각자에게 존재한다는 것을 생각해 본다. 늘 먹고 싶은 것은 아니지만 때때로 나는 복숭아를 그리워한다. 10여 년 전 네이버의 공황장애 카페에 가입하게 되었을 때 나의 닉네임은 피치였다. 여름이었고 과즙이 뚝뚝 떨어지는 말랑말랑한 백도를 상상하며 나는 피치라는 이름으로 나의 마음을 달래 주느라 위로받고 위로하며 그렇게 온라인 커뮤니티에서 행복하다는 느낌까지

받으며 살아갈 수 있었다.

세상에나. 나와 같은 불안장애, 수면장애를 겪는 사람들이 그렇게나 많다는 사실만으로도 절반의 치료 효과가 있었으니 그동안 나는 오직 나만이 이런 기막힌 슬픈 증상으로 괴로워하는 줄 알았던 것이다. 회원들의 체험담을 밤새워 읽고 답글을 쓰고 위로를 주고받으며 피치로서의 세월을 보냈다. 오늘 그 피치를 그리워하며 마트에서 장을 보고 있는데 실은 홍로 사과를 오늘 한정세일한다기에 사과를 사러 갔다가 세일 물량이 다 팔린 걸 알고 나는 나의 최애템 피치로 눈을 돌렸다.

제대로 된 상품가치가 있는 피치는 내가 선뜻 한 박스 사기에는 가격이 무리였고 군데군데 상처를 입은 그러나 그 상처란 게 그리 심하지 않은 피치 한 상자가 마트 바닥에 놓여 있었다. 알이 굵은 백도 6개와 보통 크기의 복숭아가 4개 들어 있는 복숭아 한 박스의 가격은 7,500원이었다. 망설임 없이 나는 복숭아를 집어 들었다. 4.5킬로의 복숭아 한 박스는 내가 들고 오기에는 무겁고 힘들었다. 그러나 어찌하겠는가. 우영우가 고래를 좋아하는 것만큼은 아니어도 복숭아는 내가 가장 좋아하는 과일이고 어쩌면 이 복숭아를 먹음으로써 나의 편두통이 나을지도 모른다는 희망이 생긴 것을.

두통은 그것도 오른쪽 머리나 왼쪽 머리 한쪽이 끊임없이 쑤시는 편두통은 내 큰아이를 수시로 괴롭혔기에 내가 이틀 전부터 편두통을 앓았을 때 나는 내 고통보다는 우리 아이가 겪고 있을 이 아픔을 생각하느라 더 힘들었다. 지난 6월이었나. 아이의 집으로 망고를 보낸 적이 있었고 아이는 너무 맛있어서 1분 만에 망고 한 개를 다 먹었다고 했다. 두통은 없었냐고 물었을 때 내 아이는 망고를 너무 맛있게 먹고 나니 두통이 사라졌다고 했다. 나는 그 대답이 참으로 고맙고도 반가웠다. 과즙을 뚝뚝 흘리며 복숭아를 먹었을 때는 그리도 괴롭히던 편두통이 잠깐 멈추었던 것을 생각하니 내 아이를 살린 망고가 나에게는 복숭아로 찾아와 나를 잠시나마 고통을 잊게 해 주었다. 고마운 일이다.

낮 1시가 좀 넘어서 제주 성산포 항구에서 역시 상처를 살짝 입은 갈치가 우리 집에 직배송되었다. 마흔한 마리의 갈치는 대가리와 꼬리 부분이 잘려 나갔으나 몸통은 아주 실하고 흠집도 거의 없는 아이들이었다. 생선가게나 어시장 경매 자리에는 모습을 드러낼 수 없는 아이들이다. 적당히 짭짤한 갈치 두 도막으로 편두통 때문에 잃었던 입맛을 찾고 나는 흐뭇하게 내가 손질해 놓은 갈치들을 바라본다.

갈치가 도착하기 전에 냉동실 한 칸을 깨끗이 비워 놓았으므로 나는 한 시간도 지나지 않아 마흔한 마리의 갈치를 구이용과 조림용으로 손질하여 냉동실과 김치냉장고에 적절히 분리해 놓았다. 김치를 몇 통씩 담가 놓으면 돈은 없어도 배가 부른 것처럼 마흔한 마리의 손질된 갈치로 나는 당분간 생선을 사지 않고도 맛있는 밥을 먹을 수가 있는 것이다.

편두통은 아직 나를 괴롭히지만 우영우에게 김밥 같은 존재인 제주 갈치로 나는 조금씩 행복해진다. 식욕이 있다는 것만으로 은혜가 된다는 것이 실감 난다. 먹고 싶은 게 있다는 것은 내가 이 삶을 살아 낼 수 있다는 내 의지가 있어야 가능하다. 먹고 싶은 것이 몇 가지라도 존재하고 그 먹거리를 내가 아닌 남이 해 준다면 더 이상 행복할 일이 없겠지만 이 넓은 세상에서 나에게 집밥을, 내 입에 맞춰서 내가 좋아하는 갈치를 구워서 내 앞에 놓아 줄 사람은 없다. 그러나 괜찮다. 내년이나 혹은 몇 년 후에라도 대한항공 마일리지로 우리 부부가 제주여행을 다녀올 수 있을 테니 그때는 제주에서 고마운 주방이모가 구워 주는 갈치를 먹을 수 있을 테니까.

다음 날 아침 밥상에는 가장 굵은 갈치 다섯 도막이 식탁에 올랐고 에피타이저로 복숭아를 올려놓았다.

당신은 갈치를 참 잘 구웠네.

간도 적당하고, 복숭아도 아주 맛있네.

갈치도 복숭아도 흠집은 있으나 맛있는 걸로 아주 잘 구입했다고 남편은 흐뭇해하였다. 가난하고 소박한 부부가 살아가는 모습이 항상 슬픈 건 아니다.

세월이 좀 흘렀다.

2024년의 정월 대보름을 이틀 앞두고 욕심껏 많은 양의 오곡밥을 짓다가 실패를 했다. 딸아이들과 엄마와 언니를 먹이고 싶어 한꺼번에 너무 급하게 지은 탓에 콩은 다 익지 않았고 찹쌀도 제대로 퍼지지 않아 생쌀에 가까웠다. 다음 날 새벽 4시에 부리나케 새로 지었다. 2023년 음성에서 안성 형님 내외분이 뜯어서 말려 주신 산나물과 유튜브에서 배운 무나물볶음을 해서 출근길에 들고 가야 했다.

남편이 아침 9시까지 퇴계로 호텔로 미국인 세 명을 픽업하러 간다는 스케줄을 말했을 때, 얼마나 반가웠던지. 국도호텔 경유해서 남편의 목적지 도착시간은 8시 35분이었으니 나는 여유 있게 돈 한 푼 내지 않고 콜밴을 독점하며 출근했다. 아침시간의 여유를 누리고 싶어 을지로 4가역 스타벅스로 향하고 있었는데 언니와 함께 근무하는 영화 언니를 만나서 따끈한 찰밥과 나물 두 가지가 들어 있는 가방을 전해 주었다. 자몽 허니 블랙티를 마시며 생각한다….

오곡밥도 실수로 한 걸 먹어야 하나, 원래 농사짓는 사람은 온전치 않은 것만 먹는다고 했지, 그래도 괜찮아. 사는 것은 그저. 소중한 사람들에게 먹을 것을 해 주고 사랑을 주는 것이니까. 내가 힘이 있고, 우리 엄마가 이 세상에 살아 계시는 날까지 대보름에는 오곡밥을 동지에는 팥죽을, 삼복더위에는 콩 국물을 만들어 드리기로 마음먹는다.

자몽 허니 블랙티가 알맞게 식었고 하루의 시작을 제대로 했고 이제 사무실로 들어가야지!

자발적인 유배생활이 캠핑처럼

2021년 3월 1일

세 시간 정도는 잠을 잔 것 같다. 낯선 곳에서 자다 보면 내 집이, 내 침대가 얼마나 편한지, 어젯밤에는 내 방의 침대에서 창문을 열면 시원한 공기를 들이쉬며 바라볼 수 있는 하늘과 구름이 그립기까지 하였다. 하루 만에 나는 나의 공간을 옮긴 것에 대해 조금 후회한다. 더군다나 잠이 깨자마자 확인해 본 휴대폰 화면에서 양주시, 비라는 일기 예보란을 보는데, 비가 오는지 바람이 부는지 전혀 알 길 없는 병실에서 삼월 첫날을 맞이하게 된 것이 억울하기도 했다. 비 내리는 풍경과 빗소리는 내가 유달리 좋아하는 자연의 정겨운 모습인 것을.

허리의 통증을 한방의학으로 고쳐 보고 싶다는 생각이 간절하여, 입원실을 운영한다는 경희 소나무 한의원을 스쳐 갈 수 없어 진료를 받아 보았다. 허리에 수십 개의 바늘을 꽂은 젊은 부원장은 입원하여 집중 치료를 받아 보는 것도 효과가 있으리라고 결론을 내려 주었다. 작년 9월 15일 이곳으로 이사 와서 어제까지 덕계도서관에서 빌려 본 책들의 기록이 도서관 홈페이지에 친절한 모습으로 나열되어 있었다.

5개월 전 양주시로 이사 온 후 마음의 평화와 함께 찾아온 내 일상의 고요함에는 책이 있었다. 그 속에서 행복을 발견했고, 남은 내 삶은 읽는 것과 쓰는 것으로 현실의 고난들을 이겨 낼 수 있으리라. 3박 4일의 짧은 병원 생활을 함께할 동반자로서 책들을 먼저 챙겼다. 세면도구나 속옷은 그다음이었다. 아침식사가 8시에 나온다니, 그전에 『전쟁과 평화』제1권을 다 읽을 수도 있겠다. 흰밥, 말린 홍합 미역국, 배추김치, 어묵볶음, 호박전 2개, 광천 파래김으로 아침을 먹었다. 점심에는 두부와 돼지고기를 넣은 김치찌개, 샐러드, 시금치나물, 연근조림이 나왔다.

병원에서 밥 먹는 것에 대한 기억은 맛이 없다는 것이었는데, 어찌 된 행운인지 고맙게도 내 입에 맞았다. 집에서 챙겨 온 상큼한 김장김치까지 있어, 병원 식사가 고역이 아니라 기다려지기까지 한다. 아침식사하기 전에 다 읽으리라 여겼던 『전쟁과 평화』 제1권은 오후 5시가 다 되어, 그러니까 저녁밥이 병실에 도착하기 바로 전에서야 다 읽었다. 톨스토이의 『전쟁과 평화』는 러시아를 넘어 세계를 감동시키는 대작이라 할 수 있어 톨스토이교라는 종교까지 나올 뻔했다지.

> *"출혈로 인한 쇠약, 고통, 근접한 죽음이 불러일으킨 중엄하고 장중한 상념들에 비하면 모든 것이 무익하고 시시한 것 같았다. 안드레이 공작은 나폴레옹의 눈을 보면서 위대함의 부질없음, 살아 있는 자는 누구도 그 뜻을 이해할 수도 설명할 수도 없는 죽음의 더한 부질없음에 대해 생각하고 있었다."*
> *-『전쟁과 평화』 1권 제3부 563쪽에서*

러시아 황제를 사랑했고 그 앞에서 용감한 군인, 충실한 시민의 모습을 보여 드리고 싶어 했는데 적군 프랑스의 황제로 칭하는 나폴레옹의 포로가 되는 운명을 놓고 안드레이는 울부짖는다. 칭찬을 늘어놓는

자가 적군의 황제라니, 그 처절함이 100년이 훨씬 지나서, 이국땅의 독자에게까지 안타까움으로 전해 오지만 톨스토이는 그의 글에서 흥분하지 않고 담담하게 그려 낸다.

카레니나가 달리는 기차바퀴에 깔려 자살을 한 장면도 비참한 뉴스기사를 감정 넣지 않고 전달하는 앵커의 목소리로 보여 준다. 죽지 않고는 다른 방법이 없어 보였던 안나 카레니나의 선택을 두고 톨스토이의 도덕성을 찬양해야 할지 비판해야 할지 독자로서 생각해 보았다. 꼭 죽게 해야 하나. 고민해 본다. 톨스토이가 옳았다. 안나는 브론스키의 사랑 없이는 한순간도 숨을 쉴 수 없는 여자였으므로, 자신에 대한 브론스키의 사랑이 식어 가고 있는 것을 알고 그녀는 죽음을 택하게 된다.

하필 왜 전철에 몸을 던졌을까. 약으로 가스 중독으로 아니면 목을 매고 죽을 수 있지 않았나. 안나는 세상에 알리고 싶었던 게 아니었을까? 나의 죽음을 보고 당신들은 부디 당신들의 사랑을 믿지 말라고. 사랑이란 믿을 게 못 되고 결국 사람의 사랑이란 변하는 것임을 자신의 죽음으로 말하고자 한 것이다.

전철을 매일 타야 하는 내가 전철이 플랫폼으로 달려올 때 뛰어내릴 것 같아 무섭기도 했다. 죽음은 삶과 함께 있다. 늘 가까이에 있고 언제든지 만날 수 있다. 잘 사는 것보다 더 중요한 건 제대로 죽음을 준비하는 것이다. 삶과 죽음은 그렇게 동행한다. 죽음을 피할 수 없듯이 삶 또한 피할 수 없으니, 일단은 제대로 살아 내고 싶다.

주삿바늘을 꽂지 않고 TV 소리를 하루 종일 단 일 분도 듣지 않고 병원 생활을 할 수 있다니 이건 거의 완벽한 휴식이다. 2인 병실이지만 퇴원 때까지 혼자 사용할 수 있으니 행복하기까지 하다. 내 손으로 밥을 하지 않아도 시간 되면 밥을 준다. 세상에서 가장 맛있는 밥은 남이 해 준 밥이라는 걸 주부들은 안다. 어제저녁에는 적당히 달고 연하고 맛있는 불고기가 나왔다. 내가 좋아하는 콩자반도 있었고. 나는 요즘 1차원적인 그러니까 먹고 마시고 싸고 잠자는 것을 소중하게 느낀다.

육십 년 살아 보니 인생이란 거 별것 없었는데 왜 그리도 힘들게 살았을까. 왜 나한테 고생만 시키고 제대로 쉬지도 못하게 몸과 마음을 혹사 시켰을까. 그저께 밤에 배가 고픈데 먹을 것이라곤 집에서 챙겨 온 조그마한 앤비 사과 한 개뿐이었다. 병원에선 5시에 저녁을 먹으니 10시가 되면 배가 고팠다. 빈속에 밤늦게 먹은 사과는 위장을 괴롭혔다. 미안하다고 정말 미안하게 되었다고 나는 나에게 사과했다.

네가 먹고 싶은 걸 말해, 내가 먹여 줄게. 갈비가 먹고 싶으면 갈비를 먹여 주고 여행이 가고 싶으면 내가 나를 데리고 어디로든 갈 거야. 예쁜 옷이 입고 싶으면 누가 사 줄까 기다리지 말고 내가 나에게 알맞은 옷을 사 입히고 말이지. 그래, 맞아 맞아. 그리하여 나는 쿠팡 프레시 로켓 앱을 들여다본다. 단호박 크랜베리 샐러드 4팩을 15,300원에 주문한다. 집이 아니어도 상관없지. 쿠팡 기사님들께, 이 땅의 모든 택배 기사님들께 감사하고 미안한 마음을 누르고 밤의 내 배고픔을 달래 줄 샐러드가 도착했다.

주문한 지 6시간 만에 문자로 알려 준다. 사진까지 보내 줘서 병원

문 앞으로 나가는데 쿠팡 상자가 보이지 않아 당황하였다. 그 모습을 보고 당직 직원이 내 이름을 확인하며 건네준 단호박 크랜베리 샐러드를 뜯어서 소스까지 부었는데 집어먹을 도구가 없어 난감했는데, 샐러드 위에 얌전하게 놓여 있는 작은 포크 하나가 투명한 비닐에 싸여 있는 걸 발견했다. 병아리콩과 이름 모를 미국산 곡류 한 움큼과 치커리, 상추 등의 야채는 단호박과 잘 버무려진다. 아침 먹기 전에 네 팩 중 하나를 먹었다. 양도 가격도 적당하다. 칼로리는 270, 조금 낮았으면 좋았을걸.

예정대로라면 오늘 퇴원을 해야 한다. 추나 치료를 해 주면서 대표원장 한의사가 며칠이라도 더 집중 치료를 받아 보면 좋겠다며 아쉬움을 나타낸다. 남편과 딸아이에게는 미안하지만 나는 한의원에서의 입원 생활이 싫지 않고 무엇보다 고질병으로 나를 오랜 세월 괴롭혀 온 허리와 목 통증이 호전되고 있음을 느끼고 있었으므로 의사의 의견에 따른다.

생각해 보고 말 것도 없었다. 회사는 파업을 연장하였으므로 출근을 하지 않아도 된다. 3일을 더 머무르기로 한다. 병원 로비에서 자유롭게 책을 읽을 수 있다는 것이 무엇보다 좋았다. 오후 5시에 저녁을 먹고 크리스티앙 게-폴리캉이 쓴 프랑스 소설『눈의 무게』를 읽었다. 잉걸불이라는 단어가 자꾸 나오길래 네이버 사전에서 찾아보니, 불이 이글이글하게 핀 숯덩이라는 뜻이란다. 잉걸불은 그 역할을 충실히 이행했다. 눈 쌓인 마을에서 고립된 두 사람은 최소한의 난방을 할 수 있었고 수

프를 끓이고 눈을 녹여 마실 수도 있었으니.

캐나다 산간마을의 눈의 무게를 다루는 소설에 몰입하고 있을 때 환자복을 입고 마스크를 쓴 이십 대 중반의 청년이 나에게 말을 건다. 처음에 그가 하는 말을 잘 못 알아들었을 때는 내 마음대로 해석했다. 무슨 책이길래 병원에서 그리도 열심히 읽으시나요? 뭐 이런 말인가 싶었다. 사람은 자기 나름대로 듣고 싶은 대로 타인의 소리를 해석하는 존재이므로. 네? 다시 한번 물었을 때 나는 정확하게 그의 우리말을 알아들었다.

저어, 죄송하지만 샴푸 한 번만 빌려주실 수 있을까요? 한 시간 전 외출증을 쓰고 집에서 챙겨 온 뜯지도 않은 200ml 오가니스트 페퍼민트&진저 쿨링 케어 샴푸를 얼른 가져다주었다. 떡이 진 그의 적당히 짧은 머리털이 아주 산뜻하게 바뀌어 나오며 고맙다고 꾸벅 인사를 한다. 나도 그에게 마음으로 감사했다. 내가 방금 가지고 온 샴푸를 원했으므로. 내가 기꺼이 들어줄 수 있는 부탁을 해 준 그가 고맙기까지 하였다. 이리하여 캠핑 같은 나의 첫 번째 유배생활은 아름답게 끝난다.

나를 위해 유배한
시간과 공간 속에서

2023년 1월 26일 목요일

두어 달쯤 전에 집 앞 버스정류장 근처에 있는 손오공(손으로 오롯이 공들여 만든) 만두 가게 앞에서 만두를 사려고 기다리는 젊은이를 보았다. 저녁 8시가 다 되어 가고 있었다. 날씨는 아주 춥지는 않았지만 꽤 쌀쌀한 초겨울이었다. 눈에 익숙한 유니폼을 입은 젊은이 근처에는 눈에 더 익숙한 파란색의 택배차가 비상등을 켜고 깜박거리고 있었다. 왕만두 다섯 개로 저녁을 먹겠지. 그의 짐칸에 가득히 실은 상자들을 보면서 만두가 잘 먹혀질까 문득 그런 오지랖을 떨어 보았다.

십 년도 더 지난 옛일이 떠오른다. 늦은 오후부터 일을 해야 하는 나는 저녁을 먹을 시간이 없었다. 영양찰떡 한 개를 사 가지고 주머니에 넣고 학생 집으로 가는 도중에 먹곤 했다. 신호등이 빨간불로 바뀌면 찰떡을 넣고 오물거리며 씹었다. 찰떡 한 개로 내 위장을 달래기에 신호등의 색깔이 바뀌는 시간이면 충분했다. 학부형들은 알맞게도 음료를 내놓았다.

2023년 1월 27일 금요일

가장 잘할 수 있는 일이라고 늘 좋아하는 것은 아니다. 아니 정반대일 수 있다. 작가들은 글을 잘 쓰지만 가장 힘든 일이 글을 쓰는 것이라고 한다. 내가 잘하는 것은 뭐지. 돈을 벌 수 있는 것 중에서 내가 잘하는 것은 무엇이냐고 물어본다. 5년 전까지는 학생들을 만났고 그 애들을 진심으로 사랑하며 열심히 영문법과 독해를 지도했고 수능 5등급을

3등급으로 올리는 것이 최대 목표였다.

아이들과 재미있게 수업하고 돌아오는 길은 보람도 있었다. 그냥 그렇게 살면 되겠거니 했는데 참으로 안일한 생각이고 위험한 일이었다. 노후가 보장되지 않는 일을 나는 오랫동안 했던 것이다. 가까이에서 목격하고 느낀 것은 아니 절감한 것은 집중적으로 시간과 정열을 투자해야 한다는 것이다. 눈물의 취준시기를 찐하게 짧게 보내고 취뽀의 기쁨을 잠시 화끈하게 맛보고 흥미와 적성이 일치하는 직업을 잡아야 한다는 것이다.

물론 쉽지 않지만 1년, 길면 3년 열심히 노력하여 노후까지 보증을 받을 수 있다면 도전해야 되지 않을까. 60년을 살아 보니 인생이 그리 길지 않은 듯한데 우리의 노후는 아찔할 정도로 길어질 수 있다는 사실이 두려워지는 밤이다. 후회해도 어쩌겠는가.

게다가 몸과 마음마저 깊이 병들어 버린다면 이건 최악이겠다 싶어 정신이 번쩍 들었다는 것. 그리하여 내 삶을 돌아보고 후회도 해 보고 아주 쬐끔 칭찬도 해 주고 싶어서 나 홀로 여행을 떠난 것이다. 건강하지 못한 내가 경제적인 여유도 없이 마음껏 여행할 수 있는 곳은 우리나라에 딱 한 군데 있다. 9박 10일의 코스를 잡는다. 하루에 두 번씩 침도 맞는다. 내가 먹고 싶은 메뉴는 아니어도 아침 8시, 낮 12시, 저녁 5시가 되면 내 방으로 식사를 가져다준다. 아, 오늘 아침에는 한약도 한 재 지어 준다고 했다. 양주시 평화로 1485번길 2층에 있는 경희 소나무 한의원 205호실에서 나는 나 홀로 여행 중이다.

지난주 월요일에 목 디스크 치료받으러 관절 치료를 잘한다는 병원에 입원했다가 하루 만에 도망쳐 나왔다. 4인실을 사용하는 게 아니었는데 1인실을 사용할 만한 여유가 없기도 했고 내 기억으로는 비어 있는 1인실이 없었던 것 같기도 했다. 나와 마주 보고 있는 내 또래의 환자가 밤새 코를 고는 바람에 나는 한숨도 잠들지 못했다. 그 병원은 아침 7시에 식사가 들어오는데 그 시간까지도 계속 코를 골고 자는 것이다. 거기까지는 참았다. 내 남편도 밤새도록 코를 골고 자다가(지금은 각방을 쓸 수 있는 환경이라 얼마나 다행인지) 아침 먹을 때쯤 소파에 누워서 또 잠들고 코를 골아대니까.

문제는 TV였는데 아 그것도 참을 수 있다. 왜냐하면 에어팟을 끼고 내가 좋아하는 독서할 때 듣는 음악 또는 지브리 OST 또는 트롯 노래를 크게 들으면 되니까. 해결할 수 없는 사태가 벌어진 것이다. 세심한 배려 없이 설계된 조명 스위치가 문제 중에 큰 골칫거리였는데 내 쪽에 있는 전등을 켜면 천장에 두 개의 커다란 형광등에 불이 들어오는 것이다. 나는 불을 켜고 책을 읽어야 하는데. 상대방은 불을 끄고 TV를 봐야 한다.

병원에 입원까지 할 정도로 아픈 사람이 왜 독서를 하냐고? TV는 소리만 들릴 뿐 내 쪽에서 시청 가능한 방향으로 설치되어 있지 않았다. 그리고 나는 책을 읽지 않고는 그 무료한 시간들을 견딜 수 없었다. 책을 읽으려면 전등을 켜야 했다. 10분 정도 지났을 때 맞은편 여자(코를 힘차게 골던)가 전등을 꺼 버린다. 방법이 없지 않은가.

그리하여 하루 만에 집으로 퇴원을 하고 처방한 약을 며칠 먹었다. 진통제란 것이 먹을 때뿐이라 통증이 다시 시작되었다. 아픈 것도 괴로운데 한 달 전에 실직한 남편과 하루 종일 한 공간에 있으면서 하루 세 끼의 밥을 마주 보고 먹어야 하는 것도 보통 고역이 아니다. 31년째 살고 있는데 단 한 번도 주말부부로 살아 볼 기회가 없어서 이렇게 해서라도 1주일 만이라도 좀 다른 공간에서 숨을 쉬고 싶었다.

2인실이지만 혼자서 사용할 수 있는 이 공간이 마음에 든다. 도리스 레싱의 책 한 권과 글을 적을 수 있는 노트북을 가지고 있으니 나는 천국이 따로 없다. 아침마다 커피를 배달해 주는 나의 남친도 혼자 지내는 삶을 즐겼으면 좋겠는데. 2년 전 이 병실에서 쓰기 시작한 내 인생의 여러 이야기들을 어느 정도 마무리 짓는 것이 이번 여행의 목적이기도 하다. 내가 잘 쓸 수 있을까. 독자들에게 조금이라도 공감을 가져다 드릴 수 있을까. 진정성과 유용함을 느낄 수 있는 나만의 글을 써 보려고 애쓰고 있다.

2023년 1월 28일 토요일

경희 소나무 한의원에 두 번째 입원한 지 오늘이 사흘째 되는 날이다. 두 번의 추나 치료를 받고 두 번의 침을 맞았다. 내 목의 신경이 눌린 부분들을 선생님은 두 손으로 힘껏 누르기도 하고 부드럽게 마사지도 했다. 숨을 깊게 들이마시고 크게 내쉬라고 하면서 내 목을 아주 힘있게 잡아 빼 주었는데 통증이 빠져나가는 듯했다. 아프면서도 달콤하였다. 열몇 대의 침을 목에 꽂는다. 십 분이 지나면 간호사가 침바늘을 뽑아낸다. 침을 맞는 나와 침을 주는 의사와 침을 빼는 간호사가 있다. 사람들이 있다. 나 혼자 도저히 살아갈 수 없는 이 세상이 나는 불현듯 정답게 느껴진다.

2023년 1월 29일 일요일

저녁 먹고 삼십 분 후에 한약을 드디어 복용하고 나만의 공간에서 쉬고 있었다. 프레드 호텔 19호실이 아니라 경희 소나무 한의원 205호실이 나만의 안식처가 된다. 방금 전 노크 소리가 들리고 나의 주치의 샘이 들어온다. 3040 세대로 보이는 상당히 섬세하신 의사 선생님이다. 내 혓바닥을 오후 치료할 때 다시 보자고 했다. 내 속의 열이 많고 화가 많다는 일반적인 진단보다도 선생님은 나를 진심으로 염려하는 표정이다.

저녁 회진을 두 번째로 받은 오늘 나도 모르게 정말 이런 말 하면 안 되지만 책을 좋아한다는 샘 앞에서 나는 부끄럽지만 이 병실에서 글을 쓰고 있다고 해 버렸다. 그리고 『19호실로 가다』에 대한 이야기를 했는데 역시 나의 주치의답게 레싱의 이 작품에 대해서 알고 있었다. 나는 참으로 흥분이 되고 기쁨을 감출 수 없다. 내 병이 금방 나을 것처럼 말이다. 나는 왜 이리 정신세계가 어른답지 못할까, 왜 이리 현실적이지 않을까. 그래도 뜻밖의 기쁜 일을 맞이하여 나는 기분이 좋아졌다. 의사샘은 문학소년이었다고 했다. 아니, 지금도 문학소년이다.

2023년 1월 30일 월요일

새벽 4시 30분에 잠이 깼다. 얼마 만인가 신경안정제나 멜라토 없이 4시간이나 통잠을 잔 것이. 다섯 번째 밤을 보내고 있는 이 방이 나만의 이 공간이 오랫동안 내가 살았던 것처럼 친근하다. 우엉차를 따끈하게 마신다. 다시 누워서 전기요의 온도를 더 올리고 나는 잠을 더 잤나 보다. 잠을 잘 자고 나니 오늘은 치료도 잘 받고 울지도 않고 하루를 알차게 보낼 수 있을 것이다.

내가 밥을 하지 않아도 밥을 먹을 수 있는 곳. 뭘 먹을까 고민하지 않아도 지금 당장 돈을 지불하지 않아도 시간 맞춰서 밥을 먹을 수 있는 곳. 링거를 맞지 않고도 치료받을 수 있어서 손은 자유롭게 손가락으로 글을 쓴다. 어제저녁 남편이 볶아 온 김장김치가 아니었다면 오늘 아침 밥을 먹기가 좀 힘들었을 것이다. 체온은 36도, 혈압은 110/71이라고 방금 간호사가 체크하고 나갔다.

내가 세상에 태어난 지 오늘이 꼭 60년째 되는 날. 추운 날씨에 토끼가 먹을 것이 없어서 들판을 뛰어다니는 모습대로 살아온 내 삶. 언니는 겨울 쥐띠라서 곳간에 먹을 것이 좀 있었나 본데. 도리스 레싱의『마사 퀘스트』를 읽는다. 내가 이 병실에 오게 된 것도 레싱의 작품 덕분이었으니 이곳에 머무르는 동안 나는 그녀의 작품들을 모두 읽으려고 한다.

저녁 7시가 좀 넘어서 주치의 선생님이 회진 오셨다. 어지럼증을 먼저 물어봐 주셔서 고마웠다. 나는 이 병실에서 꼭 나의 오랜 고통이었던 어지럼증을 꼭 고쳐 주고 싶다. 오늘 오후에 엎드려서 침 맞을 때 핑

도는 느낌이 있었다. 심한 건 아니었는데도 2주 전에 겪었던 어지럼증이 아직도 무섭다. 이 세상 살아가는 게 만만치가 않구나. 선생님은 2주간의 치료가 필요하다고 했다.

2023년 1월 31일 화요일

지난밤에 세 번 정도 잠이 깼던 것 같지만 그래도 잘 잤다는 느낌으로 눈을 떴다. 6시였다. 택배 기사님을 생각한다면 새벽배송을 가능하면 자제해야 한다는 것을 안다. 병원밥을 일주일 정도 먹다 보면 조금씩 집밥이 생각나고 위안을 가져다줄 무언가를 나에게 주고 싶다. 만들어 먹어야 하는 밥 또한 내 입에는 맛있다는 것을 잘 느끼지 못한다. 밥이 문제이긴 하다. 집 안에서나 집 밖에서나.

아, 그래서 어젯밤에 생각해 낸 것이 밥을 먹을 때 스테비아 방울토마토를 5개씩 함께 먹자는 것이다. 과일을 밥과 함께 먹으면 나쁘다고도 하는데 어차피 토마토는 과일도 아니고 나는 밥을 먹기 위해서 함께 먹어 보려고 한다. 그나마 다행인 것은 다른 병원보다 이곳의 밥은 가정식 백반의 느낌이 나서 얼마나 다행인지 모른다. 어제 점심에는 고구마 치즈 돈가스가 나왔다. 상큼한 샐러드와 함께. 저녁에는 깻잎을 넣은 달콤한 불고기가 나왔다. 소고기와 깻잎은 궁합이 잘 맞는다고 들었는데 왜 내가 불고기에 깻잎을 넣을 생각을 못 했나. 병원 식단 속에서 나는 요리를 또 배운다.

고마운 택배 기사님 덕분에 달고 맛있는 토마토를 아침 식사 전에 받았다. 세 개 먹고 침대에 눕는다. 오늘도 열심히 치료받고 도리스 레싱의 책을 읽어야지. 어제는 침 맞기 전 찜질할 때 눈물 몇 방울 흘렸다. 밤 9시 30분에 나의 절친 미경이가 전화를 해 주었다. 60번째 생일 축하한다고. 41년 전 이른 봄날에 명륜동에서 처음 만났을 때의 그 모습 그 목소리 그대로의 우정을 담아서 축하해 준다. 내가 지상에서 사랑한 영혼. 그 애는 나와 스무 살 때 만나 어느새 함께 환갑의 나이가 되었다. 이 세상 소풍 마치는 그날까지 나의 모든 사연을 들어줄 영혼이다.

병중에 있어서 입원했음에도 나는 생활에 대한 불안증으로 자낙스를 삼켰다. 갑자기 어두워진 낮 공기가 심상치 않았으나 비도 눈도 오지는 않았다. 내가 필요한 것을 갖다주기 위해 착한 남편이 병실로 들어온다. 심각한 이야기, 진지한 이야기를 나누지 않을 수는 없다. 부모의 경제적 무능력을 바라보는 자식의 마음이 느껴졌다.

남편은 겨우 한 달 쉬었는데 불안해한다고 서운해했으나 왜 이리도 불안한 건지. 남들은 보통으로 사는 것 같은데 우리 부부는 둘 다 경제능력이 왜 이리 없을까 도대체 뭘 어떻게 살아온 것일까. 내가 남편이나 내 모습을 바라보는 게 이리 편치가 않은데 딸아이 입장도 이해가 간다. 병실 침대에 누워 있는데 눈물이 주르륵 귓가로 흘러내린다. 오늘의 병명: 앞길이 보이지 않는다. 우울이 다시 스멀스멀 다가옴.

2023년 2월 1일 수요일

아침 7시. 전등도 켜지 않고 병상에 누워 있다.

집이 아니어도 불안한 느낌은 없다. 익숙한 베개와 전기요 덕분인가 일주일째 잠드는 이 공간이 정감까지 스며든다. 세 평이나 될까 마치 나를 위한 방인 듯하다. 아이들이 독립하고 편한 마음으로 나 혼자만의 시간을 갖고 싶었다. 병이 깊어져서야 세상일에서 벗어나 도망칠 수 있구나. 내가 책을 사랑하지 않고 내 삶을 돌이켜 보는 글을 쓰지 않고 병원생활을 한다는 건 너무도 지루하고 외로운 시간이 될 것이다.

책이 있고 글을 쓰고 싶은 열정이 있으니 다행이다. 오전 치료를 받으러 갔다. 어제저녁부터 두 팔에도 침을 맞고 부항으로 피를 뺀다. 누워서 무거운 책을 들고 읽어대고 있었으니 팔이 성할 리는 없다. 나의 주치의 선생님과 추나 치료 중에 책 이야기를 한다. 선생님은 쇼펜하우어의 『의지와 표상으로서의 세계』라는 책에 대해서 말했다. 괴테가 유일하게 인정했고 톨스토이도 감탄했다는 쇼펜하우어의 대표작이라는 것만 알고 있다.

나의 주치의 선생님은 하루 종일 감정 노동자로서, 또한 감성 터치로 환자들을 치료해 준다. 그 많은 환자들의 아픈 곳을 정확히 알고 정성스럽게 물어봐 준다. 환자들이 대부분 나이가 지긋해서인지 의사선생님을 아들 친구쯤으로 아주 편안하게 대한다. 친근감 있다는 것보다는 나는 조금 속상하다. 내 나이 또래의 환자들이 많은 것 같은데 조카뻘된다고 해서 자신들에게 다정하게 말을 건넨다고 아예 반말들을 한다.

그러거나 말거나 선생님은 일일이 대꾸하며 디테일하게 그들의 일상적 사연까지 공감하며 침을 놓는다. 치료실은 오전 내내 우리 동네의

핫플레이스답게 침상마다 주황색 불빛이 흘러나온다. 커튼이 쳐 있는 좁지만 그래서 더 아늑한 이곳은 나의 퀘렌시아. 투우장에 나가기 전 소들이 잠시 숨을 돌리고 안식을 얻기 위해 주어진다는 그 짧은 휴식의 시간을 침을 꽂은 채로 느낀다. 잠시라도 이 세상과 떨어져 있다는 느낌이 난다. 경기도 양주시 평화로에 있는 경희 소나무 한의원 침 치료실은 나의 퀘렌시아이며 205호실은 프레드 호텔 19호실이다.

2023년 2월 2일 화요일

낮 12시 20분. 병원밥이 이렇게 맛있다니 이건 또 무슨 행운인가. 세상에서 가장 맛있는 밥이 남이 해 준 밥이라지만 병원밥은 예외인 줄 알았는데 아니었다. 우리 딸들이 엄마가 해 준 닭볶음탕 정말 맛있다고 했지만 나는 별로 먹히지가 않았는데 오늘에서야 알겠다. 남이 해 준 닭볶음탕은 맛있었다.

양주시 덕계동에 있는 경희 소나무 한의원을 만난 것은 내 삶에 커다란 기쁨이다. 내가 205호실에 두 번씩이나 입원하게 된 것 그리고 이 방에서 책을 읽고 쉬었고 부족하지만 글도 많이 쓸 수 있었으니 나에겐 너무도 소중한 공간인 셈이다. 서울에서 이 멀리까지 집값 저렴한 이유 하나로 이사 온 것인데 이런 행운이 기다리고 있었구나. 나의 안식처. 고단하고 병든 내 몸을 잠시 쉬게 하고 싶어서 찾아든 둥지였다. 공휴일과 일요일도 진료를 한다는 간판 안내문을 보았을 때, 입원실 운영한다는 한의원은 드물기에 차를 타고 가다가 눈에 띄었다.

점심식사에 나온 열무김치가 내 입맛을 돋우어 주었다. 점심을 먹고 입원실 로비에 앉아 있다. 습관처럼 입원실 환자 수를 세어 본다. 나를 포함하여 네 명이다. 정말 아늑한 곳이지만 내가 여기에서 영원히 지낼 수는 없는 것. 하루 세끼 시간 맞춰서 고마운 식사가 제공되니 나는 행복했지만 혼자 식사를 해결해야 하는 남편 생각이 좀 난다. 수술하기 싫어서 한의원 치료를 선택하긴 했지만, 하루 세끼 얼굴 맞대고 밥을 먹는 것이 괴롭기도 해서 도망쳐 나왔다는 걸 열흘도 안 돼서 망각해 버렸다.

그 어떤 것이 영원히 존재할까. 우리 삶의 대부분의 대상들은 그것이 사람이든 장소이든 간에 영원한 것이 있으려나. 여행을 제대로 다녀 본 경험이 없는 나는 이번 병원에서의 생활이 일상을 벗어난 여행이라고 생각한다. 낮잠을 잤다. 꿀처럼 달큰한 오후의 잠에 빠진 한 시간 남짓한 시간이 좋았다. 욕실에서 들리는 물방울 소리만 똑똑거리는 평화로운 풍경 속에 내가 있다. 오늘은 야간 진료를 하는 날이라 저녁을 먹고 오후 침 치료를 받으러 가겠다고 생각하며 나는 도리스 레싱의 책 『마사 퀘스트』를 읽는다.

침을 주면서 의사 샘이 책을 너무 읽다가 목 디스크 생겨서 입원까지 하셨는데 여기에서도 책을 읽느냐며 염려했다. 일주일 이상의 치료로 많이 나아지고 어지럼증도 미미한 증상 빼곤 좋아졌다. 하루 세끼 잘 챙겨 먹고 세상으로부터 떨어져 있다 보니 내 몸과 마음이 회복되어 간다. 저녁 밥상은 그야말로 건강식이며 맛있었다. 서리태를 갈아 만든

콩 탕과 양배추에 흑임자 드레싱을 얹은 샐러드, 두툼하게 구워 낸 가지, 짭짤하나 새콤한 김장김치로 나는 이번 여행의 마지막 저녁식사를 맛있게 했다. 행복하다.

오늘은 내가 입원하고 처음으로 남편이 오지 않았다. 내일 퇴원할 때 와 달라고 했다. 제발 부탁인데 이제는 다투지 말고 살자. 배우 김혜자가 쓴 『생에 감사해』를 입원 기간 동안 알라딘에서 주문해서 읽는데 저자는 단 한 번도 남편이 본인보다 먼저 죽을 수도 있다는 생각을 못 했다고 한다. 언제나 본인이 죽는 생각만 했다고 한다. 남편은 늘 내 곁에 있는 사람인 줄 알았다는 김혜자의 생각에 공감이 된다. 나와 성향이 다르다고 해서 때때로 불만이었던 남편을 늘 내 곁에 있어서 아쉬울 때 부려먹고 힘들 때 투정 부리고 살아왔다. 나보다 더 힘들었을 사람한테 나는 늘 독재권력을 휘둘렀다.

2023년 2월 3일 금요일

새벽 1시. 경희 소나무 한의원에서의 마지막 밤이다.

열흘간의 여행을 마치려 한다. 그래, 여행이었다. 자발적인 유배생활을 나는 여행이라는 이름으로 부른다. 치료받고 시간 맞춰서 밥을 주고 그 누구의 참견도 없이 오직 나만의 세상이었다. 병원을 떠난다는 것이 이렇게 서운한 일이 될 줄은 몰랐다. 아주 조금은 바깥세상이 궁금하기도 하지만 아쉬움이 더 컸다.

샤워를 하고 침대를 적당히 높이고 TV를 틀었다. 열 살 소년이 「천년

바위」를 부르는 장면이 나온다. 감동을 받았다기보다 충격적이다. 말이 안 되는 장면인데 현실에서 일어나는 일이다. 오디션 프로그램에서 가장 잔인한 일대일 데스매치에서 열 살 소년은 24년 차이 나는 상대방 가수를 15 대 0으로 이긴다. 청중은 감탄하고 즐거운 눈물도 찍어 내었고 나도 그 소년의 노래를 들을 때 소름이 돋아날 정도로 몰입을 하였다.

한편으로는 저 어린 나이부터 가수가 된다면 저 소년은 열정을 계속 지니고 노래를 부를 수 있을까. 체력과 정신력이 만만치 않을 텐데. 안타까운 마음이 올라왔다. 그럼에도 그 아이의 목소리가 듣고 싶어진다. 2년 전 3월 초순 경희 소나무 한의원 205호실에서 나는 이 시간에 열살 소녀가 부른 「아버지의 강」이라는 노래를 듣고 아버지 생각이 간절했던 기억이 새롭다.

진주는 상처에서 비롯된다

2019년 10월 8일 저녁, 명동역 카페 콤마에서 소설가 김연수를 영접하였다.

운동화를 신고 백팩을 짊어지고 면바지와 편해 보이는 셔츠를 입고 나타나신 연수 작가님은 올해로 50세가 되었다. 김천역 뉴욕제과점 아들로 1970년에 탄생하신 걸로 기억하며 성균관대학교 영문과를 졸업하셨으니 나의 대학 7년 후배님이 되신다. 김연수 작가를 사랑하는 오십 대 독자인 나는 오늘 삼십여 명의 팬들이 모인 자리에서 작가님보다 나이 많은 유일한 사람인 것 같았다. 인스타그램의 정보력으로 작가와의 만남에 신청을 했고 회사에서 곧바로 가는 탓에 저녁을 먹지 못했으나, 카페 콤마에서 제공되는 외할머니 미숫가루라는 정감 있는 메뉴가 있어서 반가웠다.

『시절일기』는 아침 출근길과 점심시간과 명동으로 오는 4호선 안에서 열심히 읽었다. 작가님은 소년 같은, 청년 같은 표정으로 들어오셨는데, 왠지 저 모습으로 딸아이를 자전거에 태우고 시골길을 달리시다가 오신 듯 살짝 상기된 얼굴로 우리 앞에 수줍은 미소를 띠셨다.

얼룩은 들여다봐야 끄집어낼 수 있고, 심지어 지울 수도 있다고. 상처 또는 고통이라는 표현으로 대신할 수 있는 얼룩이 내 마음속에 들어 있는 건 위험하다고. 그 상처와 고통은 이야기를 통해서 경감될 수 있다고 작가님이 듣기 좋은 경상도 어투의 고요한 음성으로 말씀을 이어가시는데, 눈물이 핑 돌았다. 김연수 작가님을 만난다는 설렘과 긴장감으로 행복한 하루를 보냈고, 감성과 지성을 양손에 들고 그의 소설 속으로 빠지게 한 김연수 작가의 말씀이 이어졌다.

진주는 상처에서 비롯된다고 그 상처는 문학으로 치유할 수 있고, 세상에는 내가 아닌 것들이 존재함을 인정해야 한다고 했다. 맺힌 것을 풀어야 한다고. 그것이 시를 쓰고 소설을 쓰게 한다고 했다. 내가 처음으로 읽은 연수 작가의 작품은 『7번 국도』였다. 여러 개의 소제목으로 구성되어 있어서 집중도 잘되었고 스릴도 있었고 한국소설의 스마트한 전환이랄까, 영화 한 편 보고 나온 것 같았다.

당장 7번 국도로 드라이브 가자는 남편을 말렸던 게 후회된다. 김연수의 작품은 닮은 듯 다른 듯 늘 즐거움을 주면서 결국에는 아찔하게 아름다운 울림을 준다. 최근에는 『일곱 해의 마지막』을 읽었다. 시집에서 접했던 백석을 연수 작가의 소설로 만나게 될 줄은 몰랐는데, 이런 행운을 주시다니 역시 김연수다. 백석 시집 후반부를 제대로 읽기가 거북했고, 시를 쓰되 당에 대한 충성을 꼭 넣어야 하는 안타까운 백석, 아니 백기행의 마음이 전해졌다.

최애하는 소설가 김연수 님의 소설로 백석을 다시 떠올리며 위로를 받은 작품이다. 재작년에 드라마 「남자친구」에서 박보검이 송혜교에게 바닷가에서 읽어 준 *"파도가 바다의 일이라면, 너를 사랑하는 건 나의 일이었다."*는 김연수의 소설에서 인용되었다.

소설 쓰는 일이 김연수의 일이라면, 그 소설을 사랑하는 건 나의 일, 아니 우리 국민의 일이 되리라는 걸 믿는다.

잘 살고 싶으면, 죽고 싶지 않으면 책을 읽으시오. 그날 김연수 작가는 우리에게 당부했다. 이 한마디의 말은 나를 살려 냈다. 잘 살고 싶은 것도 있지만 나는 죽고 싶지 않아서 오늘도 책을 읽는다. 나에게 책 읽기는 삶을 견디는 일, 커다란 상처를 딛고 살아가야만 하는 이 세상에서 내가 나에게 해 줄 수 있는 충분한 위안이 되었다. 김연수의 목소리는 소설 안에만 있지 않았다. 새벽 4시 반, 내 하루의 시작은 남편의 출근을 지켜보는 것이다.

건설현장 일용직 노동자의 아내는 이 새벽에 눈이 떠지고, 겨울에도 시커멓게 탄 남편의 얼굴을 보고 속으로 눈물을 삼켜 내야 하는 것이다. 어차피 삶은 고통이다. 그러나 고통만이 우리 삶에 염치없이 버티고 있는 건 아니다. 고난을 이겨 낸다면 형통함이 찾아오게 되어 있다.

고난만 있는 삶은 없다. 우리는 바라지도 않았음에도 덜컥 삶이라는 숙제를 해내야 하는 인간이 되어 지금 살고 있다. 내가 희망하지도 않은 세상에 나온 것을 원망해서 나에게 좋을 것은 하나도 없다. 내 안에서 상처가 있다면 끄집어내고 들여다보자. 보고 싶지 않다고 그냥 덮어주지 말고 달래 보자. 그렇게 살아 보자.

새벽 5시 반, 내 하루 중 정신이 가장 맑은 이 시각을 사랑한다. 지난달 마지막 날 사당역 12번 출구에서 만났던 구민지 시인에게 김연수 작가의 이야기를 했다. 나는 그의 작품을 거의 다 읽었다고, 직접 영접하는 영광도 누렸다고 자랑하였다. 「박용래의 시적 표상 공간과 장소 정체성」이라는 논문으로 동국대학원 문예창작학과 석사학위를 받은 5년 후배, 그러니까 우리의 연수 작가보다는 두 살이 많은 그녀의 입에서

"천재죠, 김연수는." 구구절절 말이 없고 딱 한마디로 시인답게 압축한 표현이었다.

『지지 않는다는 말』은 소설가 김연수의 산문집이다. 이번 주 새벽 5시, 내가 만날 내 사랑의 대상이다. "삶의 수많은 일들을 무감각하게 여기는 사람은 순식간에 노인이 될 것이다. 기뻐하고, 슬퍼하라. 울고 웃으라. 행복해하고 괴로워하라." 한 시간 안에 나는 기뻐하고 슬퍼하고 웃고 울었다. 나에게 새벽은 이런 것이다. 천재 김연수는 사람의 감정 연구학 박사인 셈이고 김연수보다 7년이나 더 살아온 나는 그의 감정 연구의 대상으로 딱 맞는 인물이 되어 일곱 가지 인간의 감정을 하루에도 몇 번씩 왕복으로 오가고 있다.

> "타인에게 이유없이 다정할 때 존재하지 않았던 것들이
> 새로 만들어지면서 지금까지의 삶의 플롯이 바뀝니다."
> - 김연수, 『너무나 많은 여름이』

가족사진

아버지, 어머니 참 젊었네.

오십 년 전의 내 모습 총명한 것 좀 봐….

반짝거리는 곱슬 단발머리, 두 눈에는 자신감이 가득하네. 사흘 전 오른쪽 엄지손톱이 들뜬 데다, 부딪히면 깜짝 놀랄 정도로 불쾌하여 동네 피부과를 찾았다.

「응답하라 1988」에서나 등장할 것 같은 소박한 배경의 피부과에서 의사를 보는 순간 나는 아버지 생각이 났다. 머리숱이 딱 아버지 살아 계실 때의 그만큼으로 보인다. 평안도 사투리로 1.4후퇴 때 북한에서 자유민주주의를 그리워하며 내려오시던 청년 시절의 아버지 사연들을 국민학교 6학년의 나에게 이야기해 주시던 그때 아버지의 나이쯤 되었을까 싶은, 우리 아버지를 많이 닮은, 내 앞에서 내 손톱을 진단하는 이 사람은 마흔아홉 살 같다….

내 기억 속에서 아버지는 늘 마흔아홉 살…. 아버지를 추억할 수 있는 사소하지만 소중한 사연들은 앞으로의 삶을 지탱할 수 있는 희망임을 알아채기 시작했다. 나는 우리 가족 중 아무도 닮은 사람이 없어서 답답해진다. 우리 엄마, 하나뿐인 언니, 내 동생마저도 나랑은 다르다. 그들이 바라보는 풍경과 내가 살펴보는 이 세상과는 왜 매번 다를까.

아니지, 나를 더 외롭게 하는 것은 우리 형제들과 같은 풍경을 바라보아도 그들과 나는 해석이 다른 것이다.

그 상처가 가볍지 않아 한탄하고 있는데 작은딸 아이가 외할아버지에 대한 이야기를 듣더니 "엄마는 할아버지 닮았네." 심플하고 명쾌하게 결론을 내려 주는 아이가 고맙기까지 했다. 10년 전, 결혼 20주년 기념으로 제주도 여행 갈 때 친정엄마를 모시고 갔다. 2012년 4월의 그 여행은 80이 다 되신 우리 엄마에게 처음 가시는 제주행이었다.

봄날의 제주, 우도 해안가에서 엄마와 멍게를 안주로 소주인지 맥주인지 바닷바람을 맞으며 마신 좋은 기억이 남아 있다. 무엇보다 장사를 하며 고된 하루하루를 보내시는 엄마에게 효도를 제대로 해 드린 것 같아 마음이 기뻤다. 그러나 서운한 것이 있었는데….

비행기 타는 게 무서워서 자낙스 0.5mg 한 알을 먹고도 불안해하던 나를 엄마는 도무지 이해하지를 못하셨다. 왜 나는 나의 부모형제가 겪지 않는 질병을 앓고 있나. 그들에게 공감도 받지 못하는 서러움이 잠시 찾아온다.

50년 전 흑백사진 속에서 언니도 동생들도 아버지도 어머니도 나도 심각하고 진지한 모습이다. 아무도 미소 짓지 않는다. 요즘의 사진 속에서는 웃는 얼굴이 많은데 50년 전 사진 속에서는 모두 심각한 표정이다.

네 살짜리 막냇동생은 약간 졸린 듯하고 언니는 사진 찍는 소리에 놀랐는지 눈을 번쩍 뜨고. 웃지는 않았지만 내 어린 날의 모습은 똘망해 보인다. 국민학교 2학년 때의 내가 지금의 나를 만나러 온다면 실망할 것은 분명한데 그래도 위로를 해 줄 것 같아, 힘들었구나라고 손을 꼭 잡아 주겠지.

대구 시내의 사진관에서 아버지가 서울로 일하러 가시기 전에 찍은 것 같은 흑백사진 한 장이 내 폰에 저장되어 있어 기쁘다.

아버지를 추억할 수 있어서.

내 유년의 모습을 들여다볼 수 있어서.

15년 전에 간경화증으로 죽은 동생의 어린 시절 모습도 보는구나. 이 아이는 중학교 입학하면서 말더듬이 생긴 것인데 영어 수업 시간에 모음 다섯 개를 연습하면서 발병되었다. 그래 발병이었지. 아무리 국제 언어라 하지만 남의 나라 언어 배우다가 그 애는 졸지에 언어장애를 겪게 되고 놀림감이 되어 버렸다.

세상은 이해될 수 없는 것들로 가끔은 억울하다. 아니 자주 끔찍할 만큼 억울할 때가 있다. 일반적으로 크게 문제시되지 않는 것들이 소중한 개인 한 명에게는 헤어날 길 없는 올가미가 되어 고통을 겪다가 죽음으로도 이어지고 마는 그런 무서운 곳에 우리는 살고 있다. 산다는 것은 살아 있다는 것은 아찔하게 반갑고 아름다운 일일지도 모른다. 그러나 때때로 슬픔이 목 밑까지 올라올 정도로 아픈 곳이다. 아무도 기억하지 못하는 아픔을 굳이 소환시키는 것은 사진 속의 동생의 모습에서 세상을 바라보는 두려움 가득한 눈빛을 보았기 때문이다.

두 살 많은 내가 그 동생의 어린 시절, 사춘기 시절을 잡아 주지는 못하였다. 언어장애가 그리 심한 것은 아니었는데도 공부에 흥미를 잃은 동생은 고등학교를 자퇴하고 오토바이를 몰다가 사고가 나고 알콜 중독이 되고 간경화로 마흔세 살 때 세상을 떠났다. 17시간이나 장사를 해야 했던 우리 엄마가 이른 아침에 발견한 동생의 임종 직전의 모습이 보인다. 외롭게 이 세상을 떠나지 않아서 그래도 엄마 품에서 죽음을 맞이하게 된 것이 다행이라고 엄마는 몇 번이나 말씀하신다.

　아홉 살짜리 곱슬머리 단발 소녀는
　서른 살, 스물일곱 살의 딸을 키워 낸
　초로의 여성이 되었다.
　오십 년이 흘러 버렸다.
　어쩌다 보니 세월이 바람처럼 흘러가는 걸
　넋 놓고 바라보다가
　때때로 붙잡아 보려고도 했는데
　어느 한순간도 의미 없지는 않았으나
　돌아보건대 무심한 시간도 많았음을 알게 된다.
　인생은 너무 짧고 잔인할 만큼 시간은 전속력을 내며 달려간다.

　동강은 영월을 휘돌아 소리 없이 흐른다. 험준한 산과 그보다 더 굳게 버티고 있는 절벽을 뚫지 못한 강은, 좁은 폭으로 길게 흐르고 있다. 16세의 어린 나이로 한 많은 세상을 떠난, 조선시대 슬픈 임금들 중의 하나의 역사로 기록된 단종의 죽음을 애도하듯 깊은 산으로 둘러싸인 영월 곳곳에서 강은 흐른다.
　소리도 내지 않고 슬픈 가락을 읊조리듯 물속에서는 숨죽여 울고 있으려나. 사흘 동안 강물을 원 없이 볼 수 있었다. 올여름 가족휴가지가 영월 동강시스타로 그 숙소가 정해지자 중학교 국어시간인지, 역사 교

과서인지 단종의 사약을 들고 영월로 찾아 들어간 금부도사 왕방연의
시조가 떠올랐다.

천만 리 머나먼 길에 고운 님 여의옵고
내 마음 둘 데 없어 강가에 앉았더니
저 물도 내 안 같아 울어 밤길 예놓다

그래. 이번 휴가는 단종임금을 떠올리며
애도하자. 휴가 이틀째인 날 청령포를 찾았으나 그 전날 내린 비로
강물이 다소 많아져서 배를 띄울 수 없다 하여 아쉽지만 단종의 유해가
묻혀 있는(청령포인지 동강인지 학자마다 의견이 다르지만 단종의 시
신이 떠 있는 걸 보고 엄흥도가 수습하였다) 장릉으로 갔다. 뜨거운 햇
볕이 내리쬐는 날이었으나 힘을 모아서 계단을 오르고 오르니 왕의 무
덤이라기엔 민망할 정도의 소박한 묘소 앞에 머리를 숙였다.
불교 신자로 보이는 우리 부부와 같은 시간에 도착한 중년의 부인은
합장하고 머리를 조아리며 낮은 한숨을 쉰다.
영월은 처음 오는 곳인데 산이 깊은 거야 정선이나 단양 같았으나
내 마음이 애잔해서인가 곳곳에 슬픔이 깃들어 있는 것이 느껴진다.
휴가 마지막 날 미련이 남을 듯하여 청령포 관리사무소로 아침 일찍
전화를 걸었다. 다행히도 배가 뜰 수 있다고 한다. 삼면이 강으로 둘러
싸인 모습이 한반도를 닮은 청령포 안에는 각각 번호표를 매달은 소나

무들이 멋진 모습을 뽐내고 있다. 담장을 뚫고 하늘 높이 솟아오른 소나무 아래에서 가족사진을 찍는다. 곱슬 단발머리 소녀가 예순 살이 되었다. 서른 살, 스물일곱 살 두 딸 사이에서 사진을 찍는다. 서른 해 동안 매일 아침을 같이 먹는 남자는 나의 주황색 핸드백을 어깨에 맨 채 우리를 바라보며 흐린 미소를 짓고 나는 웃을 수도 없고 울지도 못한 채 단종 임금이 두 달 남짓 머물렀던 마당에서 두 딸의 보호를 받듯 가운데 서서 사진을 찍었다.

또 한 해가 흘렀다. 충북 제천의 리솜 포레스트에서 2박 3일의 여름휴가를 보낸다. 숲속의 한적한 전원주택 같은 별장에서 우리는 바깥세상의 고단함을 잠시 잊을 수 있었고 따뜻한 야외 가족탕에서는 네 식구가 환하게 웃으며 사진을 찍는다. '내 것인 줄 알았던 모든 것들이 다 선물이었다'라고 이어령 선생은 김지수 기자와의 인터뷰를 엮은 책에서 의미 있는 한마디를 남기고 세상을 떠났다. 그렇다.

당연한 것은 없다. 나를 엄마로 삼고 태어난 두 아이는 내 인생의 선물이고 보석들이다. 그저 잘 지켜 주고 사랑해야 할 대상인 것임을 깨달으며 거실장 위에 흑백으로 찍은 셀프 가족사진을 본다. 오십 년 전의 흑백사진과는 달리 모두 환하게 웃고 있다.

'아버지, 엄마의 거름으로 피어난 꽃들이에요!'라고 생각한다. 불후의 명곡에서 김진호의 자작곡 「가족사진」을 그의 목소리로 들으며 청중은 울었고 나는 그저 함께 살지 못하는 내 딸아이들이 그립다.

완두콩밥과 어린 농부의 주인공 보보

열두 살의 네가 엄마에게 묻는다.

엄마 아빠 둘 중에 한 명이 없다면 어떻게 될까. 영어숙제나 글짓기 등의 과제는 엄마에게, 만들기 숙제나 수학 과학 등의 문제는 아빠에게 의논했던 똘망한 어린아이는 스물일곱 살이 되었다. 직장인으로 독립을 한 지 꼭 한 해가 되었을 때, 엄마 아빠 둘이서 함께 살아서 걱정이 좀 덜 된다고 했다. 고장 난 시계도 하루에 두 번은 맞지 않느냐며 조금은 마음이 놓인다는 표정을 지었다. 마치 네가 우리 부부의 보호자가 된 듯한 얼굴로 가녀린 몸의 우리 아가씨는 어느새 어른이 되어 있네.

신혼여행 가서 급체를 한 내가 새신랑 앞에서 구토를 하면서도 부끄러움은 없었다. 아빠랑 결혼하고 서른 해가 지나서도 여전히 엄마는 여기저기 몸과 마음이 아프거든. 마음 아픈 건 내 의지와 신앙과 내가 나한테 건네줄 수 있는 몇 가지 위안으로 이긴다. 그러나 육신이 아픈 건 무면허 의사인 아빠의 보살핌으로 이겨 내고 또 이겨 내고 살고 있거든.

네게는 말하지 못했으나 지난 월요일 그러니까 나흘 전에 목 디스크가 좀 심해져서 입원 치료를 받게 되었어. 간호사가 신경치료를 위해 주사를 맞으러 1층 진료실로 내려오라고 했지. 주저 없이 벌떡 몸을 일으켰는데 어찌나 어지러운지 균형을 잡을 수 없었다. 그때의 무서움은 뭐라고 할까 슬프게도 다시는 내가 정상인으로 살 수 없겠다 싶었어. 다시는 우리 딸에게 맛있는 반찬을 못 만들어 주겠구나 그 생각이 들더구나.

보보가 마흔 살이 될 때까지 적어도 그때까지는 보통 엄마의 모습으로 살고 싶은데 그게 그리 커다란 욕심은 아닌데도 간절히 바라는 내 삶의 목적이 되었다. 아빠가 달려오고 몇 번의 시도 끝에 휠체어를 타고 뇌 영상 사진을 찍으러 갔지. 심장은 두근거리고 머리는 어지럼증이 남아 있었지만 내 머릿속을 꼭 들여다보고 싶었다. 빗소리 이외의 거의 모든 세상의 소리들을 거북해하는 엄마는 삼십 분이 좀 넘는 동안 그 소란한 소리를 견디어 냈다. 나도 모르는 사이에 경미한 뇌경색이 지나갔다는 판독과 염려까지 할 것은 없으나 신경과 진료를 받아 보라고 했다.

다행히 심각한 질병은 아니라고 한다. 내 삶의 이유, 우리 딸에게 이렇게 글을 쓰는 지금은 설날을 하루 앞둔 토요일 새벽 5시가 좀 넘었네. 문자로 확인해 보니 고맙게도 택배 기사님이 찜용 소갈비 3킬로를 배송 완료해 놓으셨다. 좀 일찍 준비를 못 해서 부랴부랴 주문했는데 생각보다 먼저 도착해 있는 고기를 핏물 제거하려고 물에 담가 놓았다. 맛술 대신 화이트 와인 한 컵과 설탕 반 컵을 넣으면 핏물이 잘 빠진다고 하는구나.

오늘 저녁 너에게 먹일 메뉴는 갈비찜과 조갯살을 넣은 된장찌개 그리고 오이 초무침과 버섯전이 되겠지. 도저히 호전될 것 같지 않은 기립성 저혈압으로 우울했던 내가 면허는 없지만 신뢰 가는 아빠의 치료 덕분에 이렇게 다시 살아났다. 도를 살짝 넘는 불안증으로 견딜 수 없는 어제저녁에 비상약을 삼키고 네 시간이나 잘 수 있었구나. 강건한 엄마로 보이고 싶어서. 지금은 네가 오기로 한 설날 전날의 오전 11시 40분.

핏물을 뺀 갈비는 통후추를 넣고 휘리릭 한 번 크게 끓어 내었다. 기름이 붙어 있는 것을 눈에 보이는 대로 뜯어내고 양파와 사과와 생강과 마늘 그리고 어떤 박사님이 조언한 대로 식혜도 함께 갈아서 양념하고 양조간장에 조청과 후춧가루 그리고 스테비아 설탕을 넣고 이제 가열하는 갈비찜. 네 큰아버지가 깎아서 엄마에게 건네주신 밤알도 열다섯 개 넣고 내가 좋아하는 대추도 다섯 개 넣었다. 아 그리고 아빠의 절친께서 재배하신 표고도 함께 갈비찜 속으로 들여보내고 너를 생각하며 글을 쓰고 있다. 소파에 누워서 말이지.

한 해가 또 지났다. 2024년의 음력 설날을 이틀 앞두고 나는 너를 생각하며 갈비찜을 만들고 녹두전을 부칠 준비를 하고 있는데 카톡이 온다. 이번 설날에 오이지를 먹을 수 있냐고 너는 묻는다. 2주일 전쯤 너와 너의 언니에게 먹이려고 푸드박스를 만들 때 지난 초여름부터 가을이 깊어지기 전까지 잃어버린 입맛을 찾아 주었던 오이지 몇 개를 냉장고에서 찾았지.

면주머니에 넣고 온전치 못한 손가락으로 힘껏 물기를 짜고 다진 마늘과 대파, 들기름과 올리고당, 통깨와 고춧가루를 넣고 무친 여름 반찬 오이지. 추운 날씨가 이어지는 한겨울에 어찌하여 계절에 맞지 않는 그 반찬이 너는 입에 맞았을까. 다행히 무쳐 놓은 오이지를 김치냉장고에 보관해 놓았으니 사랑스러운 네 입속에 넣어 줄 수 있겠다.

배고파라는 카톡을 엄마 아빠에게 하면서 너는 중곡동에서 양주로 출발한다. 갈비찜과 세 가지 나물과 배추전, 녹두전을 준비해 놓았지만 나는 너에게 묻는다. 설날 전날 저녁 메뉴로 고등어조림과 청국장찌개 중에서 고르라고 한다. 된장찌개는 안 되냐고 한다. 일촌이 일촌에게 요구할 수 있는 가장 기본적인 것, 그것은 바로 이런 상태가 아닐까.

나는 답한다. 호박은 없지만 된장찌개 해 주겠다는 답을 보내며 냉동실에 있는 차돌박이와 냉장실 야채 칸에서 며칠간 보관해 놓은 네가 좋아하는 양송이버섯 네 개를 떠올린다. 된장찌개에 두부 반 모를 넣었을 때 양주역에서 우리 집으로 오는 버스를 탔다고 연락을 해 온다. 이 세상 70억이 넘는 사람들 중에서 설날 전날 나를 찾아오는 유일한 사람, 내가 이 지상에서 목숨 다 바쳐 사랑을 주어도 모자랄 나의 소중한 사람이 내 방 침대에서 고요히 잠들어 있는 설날 새벽에 나는 깨어 있다.

너의 방을 청국장 발효실로 바꿔 놓았으므로 일 년에 두어 번 우리 집에서 잠을 자는 날이면 나는 딸에게 안방을 기쁜 마음으로 내어 주고 밥을 해 주고 설날이면 차가운 식혜를 먹이고, 또 밥을 주고 설거지 따위는 아예 하지 못하게 한다. 엄마가 해 주는 밥을 먹으며 직장생활해야 하는데 주방에서 먹을 것을 만들어야 하는 너의 조그마한 손이 안쓰러울 때가 많고, 화장실 청소와 베란다 청소를 열심히 하고 왔다는 소리에 그냥 마음이 쓰인다.

나는 때때로 네가 보고 싶어서 소리 죽여 울기도 한다. 세상 누구보다도 나의 심정을 헤아릴 줄 아는 영혼을 네가 지니고 있기 때문이지. 시크한 태도로 솔직한 조언을 해 줄 때에는 서운함도 있었지만 결국 그것은 네가 엄마를 조금이라도 현실감을 느낄 수 있게 해 준 조치였음도 알게 되었다. 작년 9월 그러니까 4개월 전에 엄마 아빠의 어쩌면 최후의 직업이 될지도 모르는 청국장 발효를 시작했었지. 몇 번의 실패로 포기하고 싶다고 철이 덜든 내가 하소연했을 때 너는 아직 성장기에 있는 청소년 자녀를 대하듯 일러 주었지.

일단은 위로를 해 주고 하고 싶은 말을 조심스레 건네더구나. 처음부터 성공하는 법은 없다고. 실패를 해야 노하우를 알게 된다고 그러니까 용기를 내라고. 고객들이 송금해 준 돈을 나는 돌려주고 쉬어 버린 콩들을 아니 거의 미쳐 버린 청국장을 다시는 보고 싶지 않았다. 아무것도 안 하고 지내고 싶다가도 네가 해 준 말을 붙잡으며 새롭게 시작했다. 실패하고 몇 달이 지나고 또 실패를 해도 이겨 내고 그렇게 4개월이 지났다. 성공의 노하우는 그냥 생기는 게 아니라는 네 말을 간직하고 새벽에 콩을 삶고 밤 12시에 청국장을 포장하며 겨울을 보낸다.

30년 가까운 세월을 영어 과외선생으로 보낸 나에게, 7년 동안 보험설계사로 어설프게 일해 온 나에게 너는 단호하게 말해 주었지. 엄마가 지금까지 해 온 일들 중에 가장 적합한 일이라고 참 잘 시작했다고 다행이라고 말이야. 우리나라에서 가장 좋은 콩으로 정성을 들여 아빠와 만들어 낸 청국장은 한 번 먹어 본 사람들이 만족하며 러브콜을 보낸다.

엄마 아빠의 건강도 챙길 겸 소일거리로 시작했지만 자부심을 갖고 꾸준하게 만들어 보려고 해. 이 세상에는 해야 할 일들이 얼마든지 있다는 것. 사소한 어떤 것이라도 그냥 스칠 수 없다는 것을, 멈춰 있으면 아무것도 이룰 수 없다는 것을 새삼 깨닫는다.

지난해 마지막 날 너는 나에게 톡을 보냈다. 엄마, 엄마! 밤 11시 30분쯤 영통하자!

영통이라니 순간 뭐지 했으나 5년 전 네가 독일로 교환학생 연수 갔을 때 일주일에 한 번 정도 페이스북으로 영상통화를 했던 기억이 났다. 아빠는 오늘 밤 12시 넘어서 들어오시는 거냐고 너는 물었다. 명륜동에서 작년 한 해 동안 와인가게 직원으로 일했던 남편이 한 해의 마지막 날은 조금 일찍 처음이자 마지막으로 자정 전에 퇴근을 했다.

진짜 다행이라며 너는 예상외로 기쁨을 감추지 못했지. 새해의 첫날을 엄마 혼자서 맞이할까 봐, 아빠가 길거리에서 한 해의 마지막 밤을 보낼까 봐 걱정했다는 네 말을 며칠이고 새겨 보았다. 아빠 직장 그만둬서 괜찮냐고 우울증은 생기지 않았냐고 세심하게 물어봐 준 것도 그지없이 고맙다!

보보: 배고파!!!!
나: 뭐가 먹고 싶니?
보보: 잔치국수 만들어 줘!!!!

다행이었다. 설날 음식을 먹고 나면 행여나 네가 주문할 것 같아 잔치국수의 재료를 준비해 두었거든. 김장 양념 육수 만들 때 썼던 북어 대가리를 두 개 꺼내고 육수 팩과 다시마를 두 조각 넣고 국물을 안친다.

표고버섯을 데치고 애호박은 채 썰고 달걀지단을 부친다. 쪽파와 마늘에 조선간장과 고춧가루를 넣고 통깨를 넉넉히 넣는다. 어간장을 두 숟가락 넣고 올리고당을 조금 넣어 주면 양념장이 완성된다.

김장김치를 잘게 다지는 것도 빼놓을 수 없는 고명이지. 리액션을 마구마구 해 대면서 너는 국수를 먹는다. 내가 만든 음식이 너의 입으로 들어가는 것을 볼 때 나는 행복을 느낀다. 아득히 먼 옛날 나와 눈을 맞추며 젖을 열심히 빨았던 그 조그만 아기가 내 앞에서 잔치국수를 먹는다. 맛있게도 먹어 준다. 내 남은 삶에서 너에게 몇 번이나 국수를 삶아 줄 수 있을까….

옥순

너를 생각하면 많이 미안해. 내가 좀 강한 멘탈을 가졌다면 너에게 신경안정제를 복용하지 않고도 어쨌든 간에 살아갈 수 있게 도와야 하는데 말이야. 그래도 하루 종일 돈 걱정하며 불안해하는 습관은 조금 고쳐 준 것 같아 그나마 다행이지. 몇 년 전에 비해 형편이 크게 나아진 것은 아니지만 삶의 태도를 바꾼 거야.

문제에만 집중하는 오리가 아니라 기꺼이 한계를 넘어 날아오르는 독수리가 되어야 한다고 일러 준 글을 읽었거든. 그 한계를 넘어 날아오르는 것이 너에게는 책을 쓰는 거라는 걸 깨달았어. 내가 어떻게 책을 쓰냐고 너는 걱정스러운 표정을 지었지. 나도 처음에는 불가능하다고 마음을 접기도 했지만 2년 전부터 조금씩 써 놓은 너의 글들을 꺼내 읽으면서 네 이야기가 자꾸 읽고 싶어지더라고.

글솜씨도 시원찮고 생각도 창의적이지 않지만 네 글을 읽으면 그냥 네 마음이 그대로 읽혀지는 거야. 육십 년 동안 네가 살아온 삶이 모두 다 보이는 건 아니지만 더러는 많이 아팠구나 가끔은 가슴 벅찬 기쁨도 있을 때는 내 마음이 막 즐거운 거야. 내가 너한테 잘해 준 것은 그러니까 네 삶을 지탱할 수 있게 해 준 것은 자녀도 신앙도 가정도 아닌 바로 독서와 글을 쓰고 싶다는 용기라는 것을 나는 알게 되었어.

너무 늦었다고 눈물을 흘리며 안타까워하지 말고 오늘부터 지금부터 시작해 보는 거야. 네가 중고등학교 시절부터 꾸었던 꿈을 이제 이루어 주고 싶어. 네가 아무리 많은 책을 읽는다 해도 한 권의 책을 쓰는 것이 중요하니까. 두 아이를 키운 일도 한 가정의 주부 역할도 소중하지만 이제 와 돌이켜 보니 그건 내 삶이 아니었더라. 네가 좋아하는 헨리 데이빗 소로우의 말을 들어 보렴.

"꿈을 향해 자신 있게 한걸음 내디딘다면, 자신이 그린 삶을 살기 위해 한 가지 시도를 한다면 평범한 시간들 속에서 예기치 못할 성공을 만날 것이다."

당연한 말이고 어디선가 들어본 말인데 평범한 시간들 속에서 성공을 만날 수 있다니 얼마나 반가웠는지 몰라. 인생의 방향을 무엇으로 잡아야 하는지 많은 고민만 하다가 이렇게 세월을 보내 버린 것 너에게 정말 미안해. 남편의 어떤 행동들이 혹은 딸들이 네 마음대로 되어 주지 못한다고 굳이 고치려 하지 마. 너는 네 속을 들여다보고 너와 끊임없이 대화하면 되는 거야.

너와 내가 함께 놀면 되는데 타인의 삶을 간섭하지 말고 네 삶에 초집중하자. 이제 시간이 얼마 남지 않았으니까 하루의 삶이 어찌나 소중한지 잘 알았으니까 제발 지금부터라도 무용한 것들은 잠시 제쳐 놓자. 네가 세상을 떠날 때 하고 싶은 것을 못하고 그 아쉬움도 함께 떠나보낼 수는 없는 거잖아.

네 꿈을 이루지 못하고 무덤 속에서 화장터에서 사라지게 두지 말자. 매일 책을 주야장천 읽어대는 것도 행복했지만 하루에 한 시간씩 딱 한 달만 더 글을 써 보자. 그것이 내가 너한테 해 줄 수 있는 유일하고도 커다란 최초의 선물이 될 거니까. 꼭 약속 지켜 줄게. 이 세상 그 누구보다도 사랑하는 내가 너에게 약속할게.

젤마나,
나의 엄마

2024년 2월 15일 목요일(음력 1월 6일) 저녁 6시가 좀 넘어서 나의 휴대전화벨 음악이 울린다.

황영웅 가수의 영원한 레전드 명곡 「안 볼 때 없을 때」의 하이라이트 부분이 이 시각쯤 들려오면 나의 폰 화면에는 "엄마"라고 뜬다. 올해 아흔이 되신 우리 엄마가 안양시 동안구에 있는 "꿈에그린 주간 노인센터"에서 이른 저녁을 드시고 하원하실 시간이고 엄마는 나에게 잘 다녀왔다고 매일 전화하신다. 오늘도 그런 내용의 전화를 하시고 나서, 삼십 분쯤 지난 후 엄마에게 또 전화가 온다.

"애야, 내가 너무 궁금해서 또 전화했다. 오늘이 도대체 무슨 요일이냐?"

엄마 잘 생각해 봐, 오늘이 무슨 요일인지, 모를 수도 있는 거야. 젊은 사람도 오늘이 무슨 요일인지 모를 수도 있다고, 엄마는 잠시 고민하시다가 오늘이 목요일인 것 같다고, 그럼 2월 8일이구나 하는 것이다. 설날이 지났으니까 오늘은 8일이 아니고 15일이야 엄마, 그리고 나는 속으로 놀랐다. 61년 전 오늘이.

그러니까 1963년 1월 30일, 음력 1월 6일이 내가 태어난 날이라는 걸 엄마와의 요일 확인 전화로 알게 되었다. 음력에 너무 생소한 딸아이들의 요구로 몇 년 전부터 우리 부부의 생일은 양력으로 지내기에 굳이 나의 음력 생일은 염두에 두지 않는다. 그저 우연히 나의 음력 생일을 알게 되면 그날 한순간쯤 추운 날씨에 아들을 기다렸을 우리 엄마, 아버지가 실망했겠다 싶어서 조금 언짢은 마음이 들기도 하는, 그런 날로 나의 음력 생일은 지나가곤 한다.

십여 년 전만 해도 구정 지내고 닷새 후면 당신 생각에는 세상에서 제일 똑똑한 작은딸 생일이라고 기억하신 우리 엄마가 그 작은딸 진짜 생일날 '오늘이 대체 무슨 요일이냐'고 묻고 계신다. 엄마보다 다섯 살 많으신 이모가 돌아가시기 몇 년 전, 지금의 우리 엄마 나이쯤 되었을 때 오늘이 도대체 무슨 요일인지 너무 궁금해서 3층인 이모 집에서 계단을 조심조심 내려와 지나가는 젊은이를 불러 세워 오늘이 무슨 요일이냐고 물어봤던 이야기를 나는 우리 엄마에게 전해 들었었다. 엄마는 내가 왜 이리 정신이 없는지 바보가 되어 가고 있다고 하소연하신다.

딸에게 전화까지 할 수 있고 손자 손녀들 아니 증손자 이름까지도 알고 있는 엄마는 너무 총명하다고 나이 구십에, 엄마 정도면 우등생이라고 나는 열심히 말한다. 황창연 신부님이 말하지 않았냐고, 여든다섯 살 먹은 사람이 똥오줌 가릴 줄 알면 그게 자랑거리라고, 그러니 엄마는 너무도 훌륭한 거라고 모범생이라고 나는 말한다, 거의 매일.

그제서야 아흔 살의 엄마는 그래 고맙다, 그렇게 말해 줘서, 주간보호센터 선생님들도 엄마를 칭찬해 주신다며 내가 우리 작은딸이랑 통화를 하면 세상 근심 다 없다고 소리 내어 웃으신다. 커다란 숫자와 음력 날짜까지 있어서, 엄마가 침대에 누워서도 볼 수 있는 달력 가져갈게요, 엄마. 그러니 매일 그날이 무슨 요일인지 확인할 수 있고 그래도 오늘이 무슨 요일인지 모르겠다면 언제든 하루에 열 번이라도 나한테 전화해요.

엄마가 살아 계신 것에 나는 매일이 축복이니까요.

내가 당신께 가장 감사한 건 당신의 큰딸을 낳아 주신 거야. 25개월 차이 나는 우리 언니를 낳아 줘서 너무 감사해요. 내가 이렇게 마음 편하게 살 수 있는 것, 책을 읽고 글을 쓸 수 있는 것 다 나의 언니, 당신의 효녀 마리아 덕분이야. 변덕 없고 무던한 그 성격 덕분에 엄마의 노후가 안정되고 내 마음도 가볍고 이 세상에 당연한 것은 없는데, 우리 언니는 본인이 장녀이고 엄마를 모시는 것 당연하게 생각해 주니 나로서는 이보다 더 감사한 일이 또 있을까….

상업계 고등학교가 아니라 내 고집대로 인문계 고등학교 갈 수 있게 해 줘서 많이 감사해요. 고1 부활절을 이틀 앞두고 아버지가 돌아가셨는데 다음 해 여름방학 때 영어 과외시켜 주신 것 내가 한시도 잊은 적 없어요. 1980년 세화여고 2학년이었던 나는 한 달간의 영어 과외 수업을 받고 내가 영어를 얼마나 좋아하게 되었는지. 대학을 졸업하고도 다시 영어과로 편입학할 정도였어요. 처음이자 마지막이었던 내 생의 과외수업은 한 번에 두 시간이었다.

성희 언니는 나에게 성문종합영어로 교재를 사용했는데 다짜고짜 첫 시간부터 장문독해 부분을 펼치더니 나보고 해석해 보라고 했다. 나는 당황했지만 나름 영어를 좀 한다고 생각했고 무엇보다 영어를 좋아했기에 아는 대로 해석했다. 그래, 곧잘 하네. 두어 군데 지적을 해 주더니 다음 시간에도 계속 나한테 시키고 본인은 귀 기울이곤 했는데 나는 두 시간의 수업을 받기 위해 아니 내가 망신 당하지 않고 수업을 하기 위해서 네 시간 정도의 예습을 해야 했다.

몇 년이 지나고 내가 성문종합영어로 학생들을 가르치게 되었을 때 나는 성희 언니의 교수법이 나한테 얼마나 커다란 도움을 주었는지 깨닫게 된다. 43년 전에 엄마가 스포츠신문과 주택복권을 새벽부터 밤 11시까지 팔아서 번 돈으로 일주일에 네 번씩 같은 연립주택 맞은편 쪽에 살았던 언니에게 영어 과외 받으러 가던 날들을 그 후로도 나는 추억했다. 우리 4남매가 태어났던 대구 남산동에서 약방 집 하던 딸이 바로 건너편에 산다고 엄마가 나에게 말씀하셨지요. 이화여대 다닌다고 하네 하면서.

　설날인지 추석날인지 잘 기억은 나지 않지만 명절 음식을 그 언니네 갖다주라고 엄마가 심부름을 보내던 날 그 집 문을 열어 준 사람은 성희 언니의 동생이었어요. 내가 대입 학력고사 보기 전날 우리 집으로 찹쌀떡과 귤을 사다 주었던 한 학년 아래의 그 남자아이는 서울대 입학하고 행정고시 패스했다고 하더라구요. 다음 주 월요일이면 내가, 엄마의 둘째 딸이 회갑이 되는데도 언제든지 나의 전화를 반갑게 받아 주시는 엄마가 계신 것이 얼마나 기쁜지 몰라.

　엄마 배 속에 있을 때부터 신앙을 알게 해 주셔서 힘들 때마다 그 신앙으로 지금껏 견딜 수 있도록 마음의 근육 키워 주신 것도 너무 고맙고요. 밤에 잠이 안 온다고 나한테 전화 걸어 주시는 것도 얼마나 반가운지요. 아침 7시가 좀 넘은 이 시간이면 엄마의 믿음직한 큰딸 마리아와 아침 식사를 하시겠네. 언니는 을지로의 회사로 출근하고 엄마는 옷을 단단히 입고 모자 쓰고 가방 메고 오른손에는 지팡이를 들고 유치원 차를 타고 친구들과 선생님들과 하루를 보낼 수 있는 센터로 가시겠구나.

설날 다음 날 그러니까 나흘 전 일요일에 아버지 산소 다녀왔어. 영하 10도쯤 되는 날씨였는데 바람이 불어서 많이 추웠지만 좋았어요. 문명이 참 발전해서 기도책 없어도 스마트폰 앱(가톨릭 위령기도 연도)으로 나 혼자 아버지 신아오스딩께 기도드렸어요. 가톨릭성가 151장 「주여 임하소서」를 들려드리고 입이 얼어 있었지만 혼자서 열심히 불렀지. 아버지가 술을 안 좋아하셨지만 편의점에서 사 가지고 간 제주 우도땅콩 막걸리 한 잔 따라 드렸어요.

동태전과 버섯전도 맛보시게 하고요. 내가 2년 전에 양주시로 이사 오면서 좋은 점들이 몇 가지 있는데 아버지 산소가 가까운 게 얼마나 좋은지요. 언제일지는 모르지만 엄마도 아버지 옆에다 모실 거고 나는 계절마다 공원묘지에 가서 엄마 아버지 한번에 만나고 올 수도 있겠네. 엄마가 살아 계신 것이 이렇게 소중하고 고마운 일인지 요즘 날마다 느껴요, 엄마.

오늘은 어제보다 살짝 덜 춥다고 하네요. 시원찮은 내가 어지럼증이 심해서 한의원에 입원했거든. 좀 전에 애 아빠가 커피 내려서 스타벅스 텀블러에 담아와서 오늘의 날씨를 알려 주네요. 영하 21도까지 내려가더니 오늘은 10도 정도라며 내 부탁대로 김장김치 한 포기 썰어서 가져왔네요.

삼백 년쯤 같이 살아온 듯한 나의 남자

오늘은 2023년 1월 27일 금요일

지금 시각은 아침 8시 46분, 날씨는 영하 10도 맑음. 한 시간 전에 당신은 내 병실로 백팩을 메고 들어왔다. 백팩 속에는 당신이 어제 혼자 끓였다는 우리 집표 파주 청국장찌개를 담은 보온병과 어제와는 다른 텀블러에 커피를 담아서 가지고 왔다. 함께 아침을 먹자고 밥도 한 사발 싸 가지고 와서 참 맛나게 먹고서 「인간극장」을 보고 옛 드라마 「이산」을 보고 돌아갔다. 부부가 되어 30년 좀 더 살아온 세월이 나는 삼백 년은 된 것 같다.

원래부터 내가 이 세상에 태어나기 전에 이미 알고 있던 사람 같다. 좋은 건지 그만큼 지루한 것인지 때때로 혼돈이 생길 만큼 우리는 익숙해 있다. 서로 완전히 다른 취향으로 성격도 반대이고 좋아하는 TV 프로도 일치되는 것이 단 하나도 없는 데도 우리는 헤어질 생각 없이 산다. 파란만장한 세월을 함께하며 딸아이 둘을 키워 놓은 것이 나는 한참 동안 꿈을 꾼 것 같다. 아찔했던 순간도 있었다.

작은아이가 중학교 3학년 때 당신은 무모하게도 아니 무책임하게도 이 세상을 스스로 마감할 생각을 했다. 삼백만 원 좀 넘는 카드값을 어쩌지 못해서 강박증으로 심한 스트레스가 극심한 당신은 유서랍시고 어린 딸에게 편지를 써 놓고 죽으려고 노끈을 잠바 주머니에 넣고 나가려고 했다. 나와 우리 작은아이가 울면서 말리지 않았다면, 나는 화를 낸 것 같고 아이는 울었다.

그날 오월의 마지막 주 토요일 집 앞 공원에서 정말 죽었을까. 돈이란 것이 아직까지도 우리 삶을 지배하고 있지만 고3, 중3 두 딸을 키워야 했던 그 시절에 우리 부부는 늘 앞날이 막막했었지. 지금 자살하면 사망보험금 3천6백만 원 못 받으니까 3개월 후에 죽으라고 그때는 말리지 않겠다고 내가 사정했던 거 당신 기억하나요. 재해가 아닌 일반사망보험금(자살 포함)은 보험 가입하고 2년이 지나야 보상을 받는 거라고 내가 진정성 있게 설명했더니 당신은 주머니에서 연약한 노끈을 꺼내 놓았지.

3개월이 지나도 경제사정은 나아지지 않았으나 어찌어찌해서 살아냈고 13년이 지난 오늘까지 당신은 내 옆에 살아 있다. 나는 지금 침을 맞기 위해 물리치료실에 누워서 이 글을 쓴다. 아침에 커피를 가져왔을 때 함께 밥을 먹고 커피를 마시며 당신은 예의상인지 진심인지 물었다. 뭐가 먹고 싶냐는 당신의 물음이 끝나기 무섭게 나는 딸기가 먹고 싶다고 했지. 2주일 전 내 혓바닥이 온통 돌기로 가득 차서 음식을 먹을 수 없을 때 당신이 사다 준 딸기 한 팩을 먹고 살아났던 것처럼 오늘도 살아나리라 믿고 싶어.

나는 딸기 네 알을 먹고 내 몫으로 나온 병원밥은 당신이 먹고 다시 배낭을 메고 당신은 나간다. 우리 부부의 노후대책 대비로 시작한 청국장 사업이 그런대로 되는가 싶었는데 명절이 끼어서인가 주문이 일주일 동안 없었다. 갑자기 주문이 들어올 수 있으니까 일단은 만들어 놓자고 내가 제안하니 당신은 순순히 따랐고 어제 오랜만에 두 군데서 주문을 받게 되었지.

오전 10시에 침을 맞고 추나 치료를 받고 부황으로 피를 빼고 나니 온몸에 기운이 빠지는데 한약은 아직 내 방 205호실로 배달되지 않았다.

문진을 하고 맥을 짚고 간기능검사와 스트레스 검사 교감신경 부교감신경 반응 검사와 경추간판장애 외 8가지나 되는 질병의 진단서를 참조해서 처방된 한약의 맛은 너무 맛있다는 것이다. 쓴맛임에는 분명한데 달짝한 끝맛이 난다. 아침식사 후 30분에 나는 수십 년 마셔 온 커피보다 한약을 맛나게 마신다. 저녁 식사 후 30분에 음용하는 한약이 부디 멜라토를 대신할 수 있기를 소망해 본다.

올해 1월의 마지막 일요일 오후 당신은 백팩을 메고 나의 병실로 들어왔다. 유튜브를 보고 배운 대로 김장김치를 맛있게 볶아 왔다. 작년 9월 제주에서 올라온 성산포 갈치가 몇 도막 남았다며 구워 왔다. 우리는 5시 정각에 함께 병실에서 밥을 먹었다. 당신은 「동물농장」을 보고 「동물의 왕국」도 보고 백팩을 메고 나간다. 그리고 꼭 한 해가 무심하게 흘렀다.

2024년의 음력 설날을 하루 앞둔 이 새벽,

식은땀이 이마 밑 머리카락을 젖게 하는 느낌에 눈이 떠진다. 팔을 뻗어 휴대폰을 집어 시각을 확인한다. 3시 15분. 아침 7시 반까지 평창에 있는 용평 리조트로 손님을 태우러 간다고 어젯밤에 당신은 나에게 말했다. 이건 아닌데 싶었다. 왜 세상에는 중간이란 게 없을까. 아니 우리 부부의 삶에는 특히 당신의 인생에는 평범한 것 같으면서 굴곡진 생이 늘 놓여 있었다. 당신이 얼굴도 기억할 수 없을 만큼 일찍 세상을 떠난 당신의 아버지. 서른여덟 살부터 아흔이 되도록 오랜 세월 혼자서 일곱 자식을 책임 지신 당신의 어머니는 이 생의 마지막 칠 년 동안 병석에 계셨으므로 막내아들인 당신은 어머니를 이 병원 저 병원으로 모시고 다니느라 많이 힘들었지.

오늘 새벽에는 그러니까 이렇게 내가 글을 쓰고 있는 이 순간에 당신이 잠을 잤던 작은방에 개어 둔 이부자리를 보며 마음이 아프다. 현관에 신발 다섯 켤레, 가운데 당신의 슬리퍼, 그리고 네 켤레는 나의 것들인데 이렇게 이른 새벽 일하러 나가며 왜 신발을 가지런하게 놓고 나가서 내 마음을 짠하게 하는 걸까. 카톡을 보내지 않고 나는 당신의 휴대전화의 번호를 누르는 대신 최근 통화에서 당신의 번호를 찾는다.

무사히 잘 다녀오라고 잠긴 목소리로 내가 묻고 나의 목소리보다 더 잠긴 목소리로 당신은 잘 다녀오겠다고 한다. 예순네 살의 남자, 그냥 평범하게 살았다면 퇴직해서 설날 연휴의 첫날에 와이프와 함께 설 음식을 준비하며 보내고 싶었을 당신은 차가운 날씨에 새벽 3시도 되기 전에 운전을 하기 위해 나를 깨우지 않으려 살금살금 집을 나섰을 테지.

나는 하루 종일 혼자서 녹두전과 배추전을 부치고 만두를 빚고 찌고 고사리나물을 볶고 유튜브를 보면서 붇지 않는 잡채를 만들겠지. 한없이 외롭게 혼자서 하루 종일 음식을 만들고 빨래를 하고 하루를 보내다 보면 작은딸 아이가 리치마트에서 딸기를 사 들고 오겠지. 이 세상 가장 가까운 사람들이 만나는 명절, 그러니까 설날인 내일과 그다음 날은 일을 하지 말라고 나는 당신에게 당부를 한다. 한 해 동안 여행으로 떠나고 돌아오는 수많은 사람들을 공항으로 실어 나르고 그들의 집으로 데려다주느라 고생 많았던 당신. 이틀쯤은 운전하지 말고 편안히 쉴 수 있기를 바라는 마음이야. 무사히 다녀와요, 여보⋯.

너를 위해서라면
나는 죽을 수도 있는 우리 무니

"엄마, 있잖아. 나는 여든 살이 되는 날까지 디자이너로 일하고 싶어. 전 세계인들의 사랑을 받는 자전거를 디자인할 거야."라고 했던 소녀 무니. 나는 박수를 보냈다.

꼭 자전거가 아니어도 괜찮을 거라고 나는 생각했고 너는 7년째 디자이너로 일하고 있다. 창작한다는 것이 얼마나 어려운 일인지 엄마도 조금은 알게 되었지. 문장 하나 지어내는 것도 결코 만만치 않다는 것을 알기에 무니의 제품들이 탄생할 때마다 엄마는 마음이 설레이고 마구마구 응원하고 있어. 내가 요즘 부지런히 연구하고 있는 도리스 레싱은 2007년도에 노벨문학상을 받았는데 그녀의 나이는 88세였다.

대학 다닐 때 너는 용돈 보내 달라고 한 적이 없었지. 내 느낌으로 아니 솔직히 말하자면 네 주머니가 비어 있는 게 보일라치면 나는 송금을 했는데 그때마다 엄마 어떻게 알았냐고 너는 감탄은 했지만 나의 사정을 너무 잘 알아서 그랬는지 먼저 요청한 적이 없었다. 지금 생각하면 그게 마음 아팠다.

너는 다른 거 다 필요 없고 부자 아빠 엄마만을 원한다는 생각이 들었다. 세상에 많고 많은 부자는커녕 보통 경제 사정도 되지 못하는 네 아빠와 나는 너무 슬프다. 내가 책을 쓰기로 했다고 했을 때 네가 처음 한 말을 나는 잊을 수가 없다. 무명작가도 아닌 그냥 내 삶을 돌이켜 보는 책을 처음 쓴다는 주부의 글을 출판해 줄 출판사를 만나는 건 로또 복권 당첨되는 것만큼 어려운 일이지.

그런데도 그걸 잘 알고 있지만 "책 만들 돈은 있는 거야?"라고 내 말에 대해서 즉각적으로 네가 물어보는 그 문장이 지난 2년 동안 내 심장에 꽂혀 있어. 물론 없지. 달마다 들어가는 생활비도 너무 빠듯한데 수백만 원 이상 드는 출판비가 있을까. 그래서 더 아픈 시간들이었어. 그런데 현실을 직시할 수 있다는 것은 훌륭한 일이라고 생각해. 다만 지나치게 부모 사정을 비난하지는 말아 줘. 네가 생각하는 것처럼 엄마 아빠가 현실을 모르는 사람이 아니므로. 인생을 딱 두 배 더 살아왔으므로. 그저 많이 미안할 뿐이다.

모든 것이 아니 좀 더 자세하게 살펴보면 인생의 98프로는 돈으로 해결된다는 것을 나는 너무 늦게서야 알았다. 이런 경제관념 없는 엄마 때문에 너는 일찌감치 경제적으로 독립했고 투자나 금융, 부동산 등에 많은 공부를 시작했다고 했어. 물론 좋은 일이야. 책 읽기만도 모자라서 가수의 팬카페에 가입해 열정을 태우는 엄마를 바라보는 무늬의 안타까움을 이해한다. 그럼에도 너는 내가 응원하는 가수의 콘서트 티켓을 사 주고, 5년 전 내가 개인회생 신청을 할 때 변호사 비용을 선뜻 내놓았다.

3년에 걸쳐 4천만 원쯤 되는 돈을 변제해야 했던 나는 어둠의 터널을 건너야만 했지. 그럼에도 우리는, 힘을 합해서 그 돈을 모두 갚았고 철없는 이 엄마를 너는 응원했고, 작년 김장하던 날 너와 동생이 독립해서 살고 있는 집으로 보쌈과 겉절이를 싸 들고 가서 함께 맛있게 먹고 우리 집으로 돌아가던 차 안에서 나는 문자를 확인한다. K 장녀 증후군이 다소 심한 너는 엄마 통장으로 김장값을 송금했고 나는 그 돈이 반갑다는 마음은 없고. 어색한 쓰라림을 느꼈다. 늦은 감이 있지만 경제적 자유가 노년의 생활에서 얼마나 중요한 문제인지 이제서야 조금씩 깨닫고 있다.

네가 디자인해 준 엄마 아빠표 파주 장단콩 청국장 스티커는 볼수록 구수한 청국장찌개가 그리워지는 느낌이야. 정말 미안한 것은 네가 고등학교 다닐 때에 엄마가 몸이 안 좋아서 한 달 이상 입원했을 때, 주량이 종이컵으로 한 잔인 내가, 맥주를 두 잔이나 마시고 기립성 저혈압인지 알코올 분해를 못 하는 체질 탓인지 정신을 잃었을 때 대학생이었던 네가 발견하고 응급실로 나를 데려갔었던 일. 미안해.

세상에서 가장 고마운 이름,
나의 언니

전화번호부에 언니라고 치면 서른여덟 개의 번호가 뜨는 거야.

그냥 언니는 단 한 사람. 언니.

사촌 언니, 육촌 언니, 팔촌 언니, 선배 언니 등 무수히 많은 언니들이 있지. 내가 아산 산골마을에 살았을 때 술빵까지 해 주던 덕원 언니, 몇 년간의 김장을 책임져 주었던 복자여고를 졸업한 복자 언니, 사실 언니라고 하기엔 너무 나이를 많이 드시긴 했지만 어머니라고 할 수도 없고 이모라고 부르면 도우미 이모님 같아서 내키지 않아. 그리하여 나는 그냥 언니는 단 한 사람이고 수식어가 붙은 언니는 계속 증가되는 중이야.

언니의 손주들이 막 태어났고 한창 이쁜 짓 할 때였어. 수식어 따라 붙지 않은 할머니는 본인뿐이라며 많이 좋아했던 모습이 생각난다. 이모할머니가 되어서 나도 살짝 감격스러웠는데 언니는 그냥 할머니가 되어서 얼마나 감동이었을까. 그냥 언니. 그냥 할머니. 조건 없는 이름 언니.

오늘은 좀 특별한 날이야. 내가 언니를 만난 지 60년 되는 날. 기억나진 않지만 엄마, 아버지 그리고 세 살 난 언니가 나를 맞이했겠지. 이 세상에 살아 있는 사람들 중에 내가 태어난 날부터 오늘 60년이 되는 날까지 알고 있는 사람이 엄마와 언니.

엄마는 언니보다는 먼저 천당 가실 거니까 말하자면 우리는 가장 오랜 세월을 함께하는 유일한 사람이 되는 거네. 부모 자식보다 부부보다 더 오랜 시간을 알고 지내는 사람이 형제자매라는 것, 새삼스럽다.

우리 딸과 30년 인연인데 1촌이고, 언니랑은 60년 인연인데 2촌이라는 등식이 성립될 수 있는 건가.

겨우 25개월 먼저 태어난 죄로 언니는 늘 나한테 양보를 해야 했고, (단 먹는 것은 내가 양보한 것 같고) 언니도 기억나지, 어린 시절 내 손에 들고 있는 사과가 더 커 보인다며 내가 사과를 한 입 베어 물려고 하면 언니 사과와 바꾼 적이 있었잖아. 사실 나는 그때나 지금이나 먹는 것이 별로 즐겁지 않아서인지 어릴 때 언니가 내 먹거리를 좀 탐냈던 건 아무렇지 않아, 지금도 그래. 60년 넘은 세월을 함께하면서 맑고 햇살 좋은 날들이 많았겠지만 때로는 폭풍이 휘몰아쳐서 우리 둘이 지치고 힘든 날들도 있었지.

최대의 위기가 닥치던 순간들, 지금도 잊혀지지 않는 날들을 내가 견딜 수 있었던 건 그래 언니 덕분이었어. 혈육이라는 것이 참 대단한 거야. 내가 제대로 가져 본 적 없는 돈이 이보다 강력할지는 모르겠고, 꿈조차 꿀 수 없는 세상의 권력보다 더 뜨거운 핏줄의 사랑은 약한 혈육의 고통을 그냥 스치지 못한 거야. 언니의 나에 대한 사랑의 힘으로 내 삶의 커다란 고통을 감히 이겨낼 수 있었지. 지금도 넉넉지 못한 사정으로 늘 마음이 초조하긴 하지만 지나간 십수 년간의 힘듦이 이제는 조금씩 희석이 되어 가고 나는 용기를 부여잡고 살고 싶어졌어.

잊혀지지 않는 어린 시절의 기억이 이 순간에 떠오른다.

대구에서 서울로 이사 오고 3년쯤 지났을 때, 아버지는 공장 다니시고 엄마는 새로운 집을 사서 이사 간다고 집 보러 나가시고, 내 기억으로는 1974년 내가 우신국민학교 5학년, 언니는 영등포 여자중학교 2학년이었지. 연탄불로 물을 데워서 부엌에서 내가 목욕을 했지. 목욕하다가 일어서는데 핑 어지럼을 느낀 것까지만 기억나는 초 여름날의 어느 저녁해가 어스름하게 서쪽으로 막 지려하던 그날, 내가 정신이 들어 마루에 누워 있고 언니는 속옷만 입고 있는 내 옆에서 울고 있던 풍경이 반세기가 지나갔는데도 생생하게 그려진다.

못된 동생이 되고 싶진 않았는데 사는 게, 너무 힘든 날들이 계속되면, 나는 그날 부엌에서 쓰러진 나를 왜 살려 냈냐고 참 어이없게도 언니를 원망했었지. 「세상에 이런 일이」라는 프로그램에 등장할 만해. 이런 못난 동생이 결혼 못 할까 봐 소개팅까지 주선하고 그 많은 피로연 음식을 언니네 집에서 마련한 것, 대구에서 내 결혼식 때문에 올라오신 친척들도 언니네 25평 아파트에서 어찌어찌 주무시게 했을까!

지금 생각하니 엄청난 일을 치르게 했는데도 나와 의견이 다르다고, 바라보는 풍경의 해석이 같지 않다고, 원망을 퍼부었으니 언니가 그 세월을 어떻게 이겨 냈을까 싶어, 이제서야 뉘우치네. 미안해, 언니.

혜화역 2번 출구에서 33년을 만나고

너는 나보다 더 나를 잘 알고 있는 이 세상의 유일한 사람이지. 내 영혼의 단짝이야. 내가 고통스러워할 때 위안을 주기도 하지만 내 생각이 아니다 싶을 때에는 따끔한 충고를 해 주기도 한다. 내 마음의 방향을 올바른 쪽으로 안내하곤 했지, 무려 41년 동안이나. 오늘날의 우리는 스무 살의 모습과 겉모양은 좀 달라졌지만 어쩜 마음은 그대로일까. 신기한 삶이야 그렇지, 친구야.

우리의 전화통화는 주로 내가 먼저 걸곤 했지. 시시때때로 변하는 우리들의 주제는 언제부터인가 나의 철딱서니 없는 딸 자랑질로 늘 그 핵심을 이루곤 한다는 것을 우리의 통화가 끝나고서야 깨닫는다. 너의 훌륭한 두 아들을 부러워하는 마음에서였나. 나는 주책맞게도 딸바보의 행보를 저지른다. 우리가 어떤 사이인데 그 정도 다 받아 줄 수 있다며 너는 사람 좋은 음성으로 나를 다독이곤 한다. 바로 그저께 밤의 통화에서도 말이지. 나는 언제쯤 철이 들까 언제쯤 네 앞에서 조금은 교양을 갖춘 친구의 모습을 보일 수 있을까.

명륜동골목과 혜화동거리의 거의 모든 찻집과 레스토랑과 밥집들을 우리는 대학 시절부터 최근까지도 찾아다닌다. 혜화역 2번 출구에서 삼십 년 이상을 만나다가 언제부터인가 우리는 1번 출구 쪽에서 만나게 되었지. 동성고등학교 정문 쪽에서 만나서 너는 나를 데리고 맛있는 밥을 사 주겠다고 안내했지. 건강즙을 내려서 팔아야 될 듯한 명륜건강원이라는 식당에서 병아리콩과 두부 튀긴 것과 내 기억으로는 그 카레 안에 브로콜리도 있었다. 깔끔한 식탁으로 대접받았다는 느낌을 가득 안고서 우리는 조용한 카페로 자리를 옮기곤 했다.

혜화동 간다고 하면 내 딸이나 네 아들이 우리의 이름을 등장시킬 정도로 우리는 20대의 그 기억을 안고 지금도 젊은 마음으로 산다. 돌이켜 보면 나는 너에게 무엇을 건네준 적이 별로 없고 네게서 받은 것들만이 끊임없이 떠오른다. 2년쯤 전에 너는 찹쌀 섞은 쌀이라며 너무 맛이 좋다며 나에게 보냈다. 또 그 전해 초겨울에는 보기만 해도 군침이 도는 큼지막한 사과를 보내 주더구나.

그 사과와 쌀을 보내 준 네가 이번 나의 60번째 생일선물로 보내 준 열 장의 호텔용 타월은 색상도 품질도 마음에 쏙 들었단다. 딸아이 집으로 몇 장이 가 버리고 말았지. 우리 집 거실에 22년째 걸려 있는 우드 프레임으로 짠 단아한 모습의 벽시계는 전원생활을 시작했던 나에게 네가 선물로 사 준 것이다. 스무 해가 넘었는데도 이 시계는 건전지만 바꿔 주면 어느 하루도 멈춘 적이 없었다. 우리들의 우정처럼 이 시계는 고장이 나지 않을 것 같아. 앞으로 또 스무 해가 지나도 어느 한순간도 멈추지 않겠지.

내가 결혼하기 한 해 전 겨울로 기억한다.

무슨 영문인지 나는 기침이 심해서 밥은커녕 숨 쉬는 것도 힘들었지. 일은 해야 하고 고통스러운 날들을 보내야 했는데 어느 날 너는 늙은 호박과 도라지와 배와 밤을 넣고 푹 끓인 것을 보자기에 싸 갖고 내 앞에 나타났지. 네 친정어머니께 부탁을 해서 만들어 갖다 준 그 호박탕으로 내가 기적처럼 살아났음을 어찌 잊을 수 있을까. 다섯 살, 여섯 살 연년생 손주를 걸리고 의정부 제일시장에서 늙은 호박을 머리에 얹고 오시는 네 어머니의 모습이 그려진다.

딸 친구의 기침병을 고쳐 주신 고마우신 분을 작년 11월에서야 만나 뵙고 감사의 인사를 드렸지. 네 어머니는 기억이 나시는 듯 아닌 듯 애매한 표정을 지으시더라. 한 달 후 네 어머님의 다섯 살짜리 손주가 서른다섯 살이 되어 장가들던 날, 구순을 눈앞에 둔 너의 어머니는 감사하게도 나를 알아보셨어.

너의 고향이며 네 청춘의 발자국들이 내 눈으로 보는 듯한 의정부고 앞 정류장에서 나는 버스를 기다린다. 스무 살 시절에 내가 살던 서울에서 너는 지금 살고 나는 네가 살던 곳에서 멀지 않은 곳에서 살고 있다. 우리 집으로 가는 버스는 13분 후에 온다고 하네. 버스 타고 가면 네 친정집을 지나치겠지.

도봉산역에서 1호선으로 환승해야 하는데 양주행이 바로 떠났더구나. 잠시 후에 도착한 의정부행을 타고 역에서 내렸는데 31번 버스가 막 출발한 거야. 가장 먼저 오는 버스를 무작정 타고 네가 다녔던 고등학교 앞에서 내렸지. 적당히 쌀쌀한 날씨는 견딜 만한데 정류장에 놓인 벤치가 너무 차구나. 42년의 세월을 함께한 나의 친구, 앞으로 또 그만큼의 세월을 우리가 함께 소풍을 계속할 수 있기를 바란다.

황금빛 인생을 걸으소서,
나의 가수 황영웅

내 아픈 영혼에 위안을 주었고 내 고단한 삶에 희망을 품게 해 준 고마운 나의 가수. 내 가수가 비상하던 날, 나도 이제 날개를 펴고 날고 싶어졌다. 단돈 만 원을 벌더라도 노래하고 싶다는 내 가수를 따라 단돈 만 원도 벌지 못하더라도 더 늦기 전에 글을 쓰고 싶었다.

지금 이 순간에도 나는 그의 노래를 듣는다. 다른 가수의 노래에는 귀를 열어 주지 못하게 되었다. 이럴 수도 있는 것이구나. 대중가요로 내 삶의 많은 부분이 이렇게도 바뀔 수도 있구나. 음악이 주는 치료라는 걸 내가 체험하다니. 단순한 문제가 아니라 한 생명이 어찌하여 새롭게 살고 싶어지는가의 위대한 구원을 음악이, 노래가 안겨 줄 수가 있구나. 말하자면 생명을 살리는 목소리가 나에게 찾아온 것이다.

이것은 나의 인생에서 아주 소중한 경험이며 남아 있는 내 삶에 커다란 기쁨으로 다가올 것이다. 원로 작곡가 정풍송 선생은 황영웅 가수의 목소리는 신이 주신 선물이라고 했고, 그 음색은 노력한다고 되는 것이 아니라고 했다. 우리 가요 역사상 보기 드문 목소리를 지녔다고 하였다. 그리하여 노래를 잘하는 가수는 많으나 황영웅의 음색이 듣기에 아주 편안한 중저음이 사람의 마음을 위로해 주는 것이며 들을 때마다 새롭다는 것이다.

멜론이라는 매체로 나는 지난달 그의 노래를 5,050회를 들었다는 것을 알았다. 팬의 의무로 스밍을 한 적은 한 번도 없었다. 몸이 고단한데 산더미처럼 쌓여 있는 설거지를 할 때, 내 위장은 음식을 받아들일 생각이 없는데 가족들의 배고픔을 해결하기 위해 음식을 만들어야만 할 때, 사흘 동안 가슴 졸이며 발효시킨 청국장을 아픈 오른쪽 새끼손가락을 달래 가며 절구 방망이로 혼자서 찧어야 하는 시간들을 그 외로운 노동의 순간들을 나는 황영웅 가수의 노래를 그의 팬들과 같은 시각 다른 장소에서 매일 매 시각마다 즐겁게 듣는다.

잠들지 못해 수면유도제를 삼켜야 했던 밤들이 사라지고 내 방 창문 턱에 밤새 놓여 있는 휴대폰에서 나오는 그의 노랫소리가 자장가 되어 불면의 고통을 물리치게 했으니 나의 가수에게 많이 감사하다.

골든 히어로 황영웅은 「가을, 그리움」이라는 타이틀로 미니 앨범을 발표했다. 29년 동안 10월 28일은 부모님이 낳아 준 생일이라면 첫 번째 앨범이 탄생하고 우리나라 트롯 역사상 다섯 번째로 한터 차트에서 골든패를 받게 된 이 앨범의 발매일인 2023년 10월 28일부터는 팬분들이 저를 새로 세상에 태어나게 하신 날이라고 했다.

내 가수의 노래를 들으며 이 가을에는 책을 읽을 수 있는 경지에 이르렀다. 하기 싫은 일을 꼭 해야만 할 때, 나에게 최애가 있다는 건 실로 어마어마한 축복인 것이다. 에어팟을 끼고 그의 노래를 들으며 밀쳐 놓은 설거지를 할 수 있는 것이다. 이 세상을 살아갈 만한 기쁨의 무대로 만들어 주고 그 무대에서 열심히 연기를 하며 살아가면 되는 것이다. 좋아하는 색깔이 다르고 음식이 다르듯 각자의 마음에 평안을 안겨 주는 아티스트를 응원하는 일은 먹고 살아가는 돈벌이로서의 일 못지않게 정신적 건강을 위해서 필요하다는 것을 나는 알게 된다.

세월이 흘렀고, 골든 히어로 황영웅의 음악세계가 열렸다. 치유의 목소리로 말기 암 환자에게 위안을 주었고 이 세상 떠날 때 그가 부른 「인생아, 고마웠다」를 듣고 싶어 했다는 사연도 들었다. 내가 황영웅 가수의 팬이 된 것도 그가 부른 이 노래 때문인데 "나 두 눈 감는 날에는, 잘 살았다고 훌륭했다고 그 말만 해 주라" 이 소절을 황영웅의 절절한 목소리로 들었던 그날 이후 나도 세상 떠날 때 나에게 칭찬해 줄 수 있는 삶을 살겠다고 다짐하게 되었다.

열두 번의 첫 번째 단독 콘서트 "겨울, 우리 함께"에서 황영웅은 본인의 노래뿐 아니라 팬들의 사연을 담은 신청곡들을 정성껏 불러주었다. 앨범을 낸 지 두 달밖에 안 된 신인 가수가 그의 노래를 사랑하는 사연이 담긴 수십 곡의 노래를 그는 호소력 있게 정성을 다해서 부른다. 음악이 주는 감동은 무한대로 뻗어 나가고. 이 힘든 항해를 위해 오늘도 우리들이 감당해야 하는 각자의 노를 젓게 해 준다.

"그리움을 안고 마주한 가을을 지나 함께해서 더욱 따뜻했던 우리의 겨울"을 보냈다. 사월 어느 봄날 라벤더 오일향이 은은히 풍기는 송 쌤의 자동차 안에서 제부도 바닷가를 달리며 내 가수의 노래를 실컷 들을 것이다. 또한 내 사랑 양주시에서 황영웅 가수가 맺어 준 내 인생 최초의 동호회 팬분들과 황영웅 가수의 두 번째 콘서트 「봄날의 고백」을 맞이하러 달려가야지.

아주 오랜 세월 동안 나의 가수를 응원하며 나의 여생을 추억 가득한 드라마를 만들어 가며 살아갈 것이다. 황영웅 가수가 우리 팬들에게 선물한 것은 그의 노래만이 아니었다. 나의 경우 마음이 통하고 무슨 이야기라도 함께 나눌 수 있고 같이 언제든지 만나서 밥을 먹고 차를 나누고 아주 가끔은 술 한잔도 기꺼이 할 수 있는 동료를 만들어 준 것임을 잊을 수 없다. 그래서 더 소중한 나의 가수가 된다.

4부　　　그리움을 잊으려 난 노래하네

어느 날 문득

2년 전에 아들을 잃고 고통 속에 살다가 한때는 삶의 끈을 놓을까 했던 어느 팬을 위해 가수 황영웅이 울음을 삼키며 불렀던 노래이다. 2023년 12월 31일 대구에서 열린 황영웅콘서트에서 잊지 못할 추억의 한 조각을 우리는 경험하게 된다. 상실의 고통 중에서도 가장 아플 수밖에 없는 자식 잃은 부모의 지독한 슬픔을 위로하며 불렀던 「어느 날 문득」은 내가 좋아하는 노래여서 더욱 마음이 갔다.

　　"겨울, 우리 함께"라는 이름으로 황영웅은 경기도 고양시에서 시작하여 부산까지 열두 번의 첫 단독 콘서트를 성황리에 마쳤고 콘서트 때마다 팬들의 사연을 읽어 주며 그 사연 신청자가 황영웅의 목소리로 꼭 듣고 싶어 하는 노래를 불러주는 시간을 갖게 되었다. 시간을 많이 들여서 연습한 노래가 아니고 가슴으로 불러주는 뮤직 테라피라고 이름 붙일 수 있는 노래들로 이루어진 것인데 황영웅 가수는 여러 번 들어도 다시 듣고 싶은 편안한 음색으로 수십 곡의 사연이 담긴 노래를 진심을 담아 팬들 앞에서 불렀다.

　　「어느 날 문득」을 신청한 분은 황영웅 가수보다 열두 살 많은 아드님을 잃고 도저히 살아갈 마음을 잡지 못하고 절망 속에서 하루하루 보내다가 어느 날 황영웅의 노래가 아픈 마음에 위안을 주었고 자신도 모르게 웃고 있는 본인을 발견했다며 황영웅에게 감사의 편지를 쓴 것이다.

　　콘서트 하루 전 늦은 밤에 올라온 이 사연을 외면할 수 없었고 꼭 그분께 노래로 위로를 드리고 싶어 황영웅 가수는 이 노래를 부른 것이다. 음악의 힘이 이처럼 위대하고 존중받는 분야임을 나는 황영웅 가수를 통해서 새롭게 깨닫는다. 아드님처럼 맥주 한 잔을 함께 나누며 살지는 못해도 좋은 노래 많이 불러드리고 싶다며 자신이 아들 하겠다고 했다. 많은 관객들의 환호 속에 그 팬분을 소중히 안아 주는 모습은 황영웅 가수가 2023년 10월 18일 경기 남북부 정모에서 시작하여 그 후 다섯 번의 팬들을 만나는 무대 위에서 진심이 가득 담긴 큰절을 했을 때의 감동과 함께 내 마음을 울렸다.

황영웅은 선곡의 귀재

한 번도 직접 만난 적 없고 녹음된 전화 목소리도 들어 본 적 없는 사람의 노래가 그리워서 그의 팬들은 두 개의 계절이 흐르는 세월을 눈물로 보냈다. 그리고 서로를 위로해 주었다. 이 사랑은 무엇으로 표현되어야 할까. 잊을 수 없는 그날의 황영웅 가수의 모습은 우리 팬들의 가슴에 커다란 못을 박아 놓았지만 그날 그 늦은 밤에 황영웅 가수가 불렀던 노래로 우리는 가슴 아픈 봄철과 더 안타까웠던 여름날들을 가까이에 있는 그의 팬분들과 함께 응원하며 서로 위로하며 견디어 내었다.

2023년 2월 28일 아주 늦은 밤, 황영웅 가수가 부른 노래로 우리 팬들은 가수에 대한 그리움을 달랠 수 있었고 추석을 맞이했고 가을의 한가운데쯤 와서, 가슴 벅찬 감동을 가득 안고 황영웅 가수를 만날 수 있었다. 「안 볼 때 없을 때」 이 노래 한 곡은 단순한 이별과 사랑의 노래가 아니었다. 어쩜 그리도 우리 마음과 당신의 마음을 들여다보며 딱 맞게 아시고 그 노래를 선택하였을까! 이름도 잘 알지 못하던 어느 방송국에서 주최했던 트롯 경연 프로그램을 첫 회부터 11회까지 열심히 시청했던 것은 오직 한 사람 황영웅이라는 청년 때문이었다.

노래를 포기할 수 없었다는 청년, 노래를 부를 수 있는 무대만이 본인이 설 자리라고 했던 말을 들었을 때, 황영웅 가수의 노래에 대한 사랑만큼은 아니어도 나 역시 중고등학교 시절부터 문학에 대한 꿈을 꾸고 살았다. 문예창작과는 내가 진학한 대학 야간부에 없었다는 건 핑계였음을 이제서야 깨닫는다.

황영웅은 예고를 가고 싶었으나 집안의 반대로 갈 수 없었고 정식

교육기관에서 음악을 배운 적이 없는 것으로 안다. 그런데 그가 선곡했던 경연 때의 노래들은 그의 삶, 아니 우리들의 인생을 대변해 주었다. 그가 불렀던 곡들이 얼마나 명품의 가치가 새록새록 하게 빛이 나는지 세월이 지날수록 그 노래를 많이 들을수록 마음에 와닿는다. 특히 최고의 시청률을 기록했던 준결승전 개인 곡 전에서 황영웅은 남진 원곡의 「영원한 내 사랑」을 혼신의 힘을 다해 불렀다.

한 편의 뮤지컬을 감상하듯 오케스트라의 연주가 돋보였던 이 노래는 최고의 찬사를 받아 내었다. 중저음의 매력이 그의 음악적 특징이지만, 부드럽게 올라가는 고음이 이처럼 편안하게 청중에게 진한 감동을 주다니, 팬으로서 행복했던 순간이었다.

선곡의 귀재는 천재라는 이름으로 우리 앞에 음악 인생을 시작했다. 대한민국 가요계의 새로운 역사를 써 내려갈 황영웅 가수의 노래를 무대에서 마음껏 들을 수 있는 시대가 활짝 열린 것이다.

황영웅이 부른 비상을 듣다

나도 이제 세상에 나가고 싶어, 그토록 오랫동안 움츠렸던 날개 하늘로 더 넓게 펼쳐 보이며 날고 싶다고, 지난해 여름의 어느 날 황영웅은 그의 유튜브 채널 황영웅TV를 통해 노래했다. 그냥 노래가 아니라 그의 현실을, 곧 비상하리라는 각오로 혼신의 힘으로 불렀다. 그랬다. 정말로 나는 그동안의 몇몇 가수가 이 노래를 불렀을 때와는 완전 다른 느낌으로 몰입이 되었다. 황영웅 가수의 팬이라면 누구나 이 노래의 가사 한 소절 한 소절마다 내 가수의 현실이 담겨 있고 내 가수가 날개를 펴고 비상할 수 있게 되리라는 소망을 품었으리라.

　그의 노래가 그를 살려 내는 일이 일어났다. 황영웅의 노래가 황영웅을 살려 내었다. 문명의 발달은, 미디어의 눈부신 활약은 브라운관에서 어느 날 사라진 가수를 결코 잊을 수 없게 한 것이다. 오히려 더 애타게 찾고 그가 부른 노래에 많은 사랑을 쏟아 내었다. 원곡자의 감성을 넘어 그의 노래들이 이미 시청자들의 심장에 꽂히고, 위안을 주고, 불면의 밤에 잠들게 했으며 상처를 치유하는 일들이 일어나기 시작한 것이다.

　황영웅은 그의 29번째 생일날 「가을, 그리움」이라는 이름으로 첫 번째 앨범을, 가을이 한창 무르익었을 때 그리움 가득 안고 팬들 곁으로 돌아왔다. 이제부터 시작이다. 그는 하늘 높이 오르기 시작했다.

오직 나만을 위해
불러 주는 듯한 섬세함

황영웅 가수의 노래를 듣다 보면 분명 대중을 위해 부르는데 우리들 각자를 위한, 바로 앞에서 마치 나에게만 들려주는 듯한 노래가 아닐까 하는 기분 좋은 착각을 들게 한다. 타고난 감성에다 한 글자 한 글자 아껴 가며 불러 주는 그의 노래 가사를 곱씹어 들으면 우리나라 말이 글이 진정 아름답다는 것을 느끼게 된다.

편안한 중저음이 매력으로 손꼽히는 황영웅 노래는, 특히 그의 유튜브 채널에 올라와 있는 「아내에게 바치는 노래」를 듣고 있으면 남편이 아내의 손을 붙잡아 주며 속삭이듯 읊조리며 당신만이 내 앞에 있고, 나는 오직 당신을 위해 노래를 부르고 있다는 다정함이 듣는 사람들의 마음을 편안하게 해 준다. 결혼도 하지 않은 황영웅 가수가 이 노래를 그의 팬들을 위해 올려놓았던 작년 여름의 어느 날 저녁, 나는 전철 안에서 처음 들었다.

황영웅의 팬들은 대부분 누군가의 아내였을 테니 아마도 가수가 그의 팬들에게 들려줄 만한 곡 선정이었다. 이런 목소리가 존재할 수 있다는 사실이 놀랍고 고맙고 애틋했다. 도착지까지 가면서 끊임없이 들었는데도 수십 번을 계속 들어도 매번 새롭게 다가오는 것은 정풍송 작곡가의 말대로 노력한다고 만들어지는 목소리가 아니기 때문이다.

우리나라 가요 역사상 보기 드문 음색이라 보존해야 하며 정통 트롯을 이어 갈 수 있는 황영웅의 목소리는 하늘이 내린 선물이라는 생각이 든다. 새벽 3시, 혹은 4시에 잠이 깨어 그의 노래로 하루를 시작하는 날들이 많아지면서 나는 대중가요가 이처럼 치유의 효험이 있다는 것을 느끼며 감사의 마음을 갖게 되었다. 황영웅 가수를 알기 전에는 책을 읽는 것만이 유일한 즐거움이었다.

나의 가수가 하차한 날부터는 한 줄의 책도 읽을 수 없었으나 작년 가을이 깊어지면서 그의 앨범이 세상에 나오고 나서, 나는 황영웅 가수의 노래를 하루 종일 들으며 책도 읽고 내 모든 일상을 열심히 해낼 수 있게 되었다. 어떤 절망과 고통 속에서도 의미를 찾고 살아나갈 수 있는 음악의 힘, 치유의 목소리 앞에 내가 서 있을 수 있게 된 것은 사람이 중심이 되는 황영웅의 노래 덕분이다.

그의 신곡들 안에는 사람들이 있다. 사람에 대한 그리움이 사무치다. 굽이굽이 고단한 생을 살아 낸 어머니가 있고, 어깨에는 처자식을 등에는 부모를 업고 이 세상을 이겨 내야 하는 아버지가 있다. 또한 사랑하는 당신들이 있다. 그리고 이 세상에서 가장 소중한 이름 나 자신들이 있다.

내 인생의 노래를 만나다,
내 삶을 소중하게 돌아볼 수 있게 한 노래

황영웅 가수가 부른 「인생아 고마웠다」를 2023년 2월 7일 늦은 밤에
만났다. 짙은 밤색 코트를 입고 스물아홉 살의 청년의 감성이라고는 믿
어지지 않는 절절한 목소리로, 인생의 산 중턱을 넘어선 중년의 중후함
과 애환을 담았으나 힘주지 않은 고운 음색으로 불렀다. 그전 무대에서
들을 수 없었던 그의 목소리의 또 다른 색채를 발견하게 해 준 노래, 천
재가수라는 찬사를 들을 만한 「인생아 고마웠다」.

나 두 눈 감는 날에는 잘 살았다고, 고생했다고, 아름다웠다고 말해
달라고 한다. 인생아 고마웠다고, 내 인생이 참 고마웠다고 사랑한다고
울부짖다가 속삭이다가 오열하다가 마지막에 마이크를 잡은 손을 떨
면서 혼신의 힘을 다해 부른 이 노래를 듣고 나는 황영웅 가수의 팬이
된다. 13개월 전의 일이 마치 십삼 년쯤 된 듯 아득하고 아찔하며 기쁘
기도 하고 아프기도 한 것이 이게 도대체 무슨 감정일까.

*누군가의 팬으로 산다는 것은 끊임없이 반복적인 행동으로 그를 지
키고 응원하는 일, 반쯤 젖은 빵을 먹는 것처럼 목이 메는 일이라는 것
을 어느 책에선가 읽었다. 그 이름을 부르는 것은 달콤하면서도 아픈
일(이희주, 『환상통』)*이라고 어느 아이돌 팬 덕질에 대한 이야기를 다
룬 소설 속에서 알려 주었다.

황영웅 가수의 「인생아 고마웠다」를 알게 되면서 나는 삶의 태도를
바꾸고 싶어졌다. 불만과 원망으로 가득했던 마음 한구석에 빈 공간을
만들기 시작한 것이다. 살아온 세월보다 살아갈 세월이 훨씬 적게 남은
이 시점에 그의 노래를 들으면서 정신이 번쩍 들었고 앞으로 남은 시간

을 정말 제대로 잘 살아 보고 싶어졌다. 주어진 내 상황을 받아들이고 타인의 고통이 나의 고통 못지않다는 것을 깨닫게 된 것이다.

나 혼자 힘든 게 아니었음을 황영웅 가수의 팬들 사연을 읽으면서 알게 되고 나는 이제 내 삶을 정면으로 맞설 수 있는 용기를 갖는다. 시한부 환자가 병실에서 핸드폰을 감싸며 가슴에 안고 들었다는 「인생아 고마웠다」는 많은 사람의 가슴속에 머무르게 되고 우리는 우리 앞에 놓인 이 소중한 삶과 내 옆에 있는 사람의 아픔도 살필 수 있는 마음으로 살아야 하지 않을까. 이 세상에는 악한 사람도 있지만 선한 사람들이 아직은 더 많았기 때문에 황영웅 가수는 그의 꿈을 포기할 수가 없었으리라.

황영웅 가수의 복귀를 간절히 기다리다가 이 세상을 떠난 환우분 사연을 듣고 가수가 만들었다는 노래가 내 귓전에 울린다. 나는 내 가수가 불러 주는 여덟 개의 노래를 들으며 경기 북부에서 서울의 중구로 왕복 네 시간에 가까운 출퇴근 길을 오가며 살아 낼 수가 있다. 그 힘든 세월 견디어 낸 황영웅 가수에게 힘찬 박수를 보낸다. 또한 황영웅 가수를 다시 무대로 걸어 나오게 한 그의 위대한 팬들께는 더 커다란 사랑을 보낸다.

들여다보자 내 얼룩들

ⓒ 신옥순, 2024

초판 1쇄 발행 2024년 5월 8일

지은이   신옥순
펴낸이   이기봉
편집   좋은땅 편집팀
펴낸곳   도서출판 좋은땅
주소   서울특별시 마포구 양화로12길 26 지월드빌딩 (서교동 395-7)
전화   02)374-8616~7
팩스   02)374-8614
이메일   gworldbook@naver.com
홈페이지   www.g-world.co.kr

ISBN   979-11-388-3088-1 (03810)